JN003929

新 潮 文 庫

雪　月　花

謎解き私小説

北 村　薫 著

新 潮 社 版

11696

目次

解説池澤夏樹

挿画大野隆司

雪月花

謎解き私小説

よむ

1

中村幸一《こういち》氏の『ありふれた教授の毎日』を読んだ。

作品社から出ている本である。著者は明治大学教授で歌人。『中村教授のむずかしい毎日』（北冬舎）に続くエッセイ集だ。ちなみに前作の「あとがき」には《中村教授と私、上村隆一《かみむらりゅういち》の関係だが、複雑である。ここで簡単に説明するのはむずかしく、師弟関係とか、先輩・後輩とか、そういう単純な関係ではない》と書かれている。上村隆一名義の本なのだ。一筋縄では行かない。

さて、こちらの本。《つれづれなるままに、日暮らし、硯《すずり》にむかひて》にあたる冒頭は、《独身で、一人、家に帰ると、真っ暗で、電気をつけるのがわびしい、とか、寂しい、という人がよくいる》と始まる。《わびしいという人がよくいる》と、すんなり流れない。要するに《とか、寂しい》が曲者《くせもの》なのだ。教授はいう。
――自分もそれを心配したが、ドアは開ければ自動点灯する。

寂しくもなんともない。

ということは、寂しく、わびしいのは、ライトをつけなくてはならないからではなく、別の理由にちがいない。「真っ暗で寂しい」は、わびしさを表すレトリックにすぎないのだろう。

直線的に、足早に進む。
普通に考えれば、「真っ暗で寂しい」はレトリックではなく、実感だろう。帰り道、自分の部屋の窓が暗いのを遠望すれば、そう思う筈《はず》だ。……点《つ》いていたら怖い。仮に戸口に立つまで目視出来なくとも、人は中の闇《やみ》と不在を、ドア越しに感じ取るのではないか。それが感情というものだ。

しかし、平然と《レトリックにすぎない》というところが（そう感じてしまうところが）、らしいわけだ。小倉《おぐら》百人一首より《ラテン語の名文句のほうがだんぜん覚えやすい》そうだから、まあ、普通、などといってもお門違いだろう。

読み進むと、例えばこういうところがある。

入試の採点の休憩時間。コージーコーナー（レヴェル）の菓子が回ってくる。今年は、例年のシュークリームに、チョコレートのトッピングがあって、おお、レヴェルアップした、と教員たちも歓声を上げる。採点業務で、頭が狂ってしまい、どうでもいいことに感動してしまうのである。

ある年、どういうわけか、一人分、菓子が足りないことがあり、その若い講師か、助教授（当時）は、僕のシュークリームがない、と涙目で抗議したらしい。

採点はこのように、正常な人間性を破壊するほどの激務である。大昔、ある大学などは、採点が何週間もつづき、紛糾し、つかみ合いの喧嘩《けんか》、怒鳴り合いが当たり前であったという。

――いいなあ。

と、思う。（　）の使い方が、客観性を際立《きわだ》たせる。教授の目を通すと、大学がたちまちアリスの行った国のように見える。

ところで、この《激務》が、かつて日本文学史上に残る作品を生み出した――という説がある。作品とは、ご存じ、夏目漱石《そうせき》の『坊っちゃん』――といえば多くの人が、ことの意外さに目を見張るであろう。

半藤一利《かずとし》氏の『続・漱石先生ぞな、もし』によれば、明治三十九年二月から三月にかけて漱石は『吾輩《わがはい》は猫である』の九章、十章を書き上げた。ゴールは近い。この勢いで筆を進めればよさそうだが、《三月十七日ごろから二十四日までの一週間で、なんと『坊っちゃん』二百五十枚を一気に完成させた》。

半藤探偵は、ここで思う。

――『猫』の手を止めさせ、これだけ一気に別の作品を書いたのは、そうさせるような、《何事か小事件》があったのではないか？

2

ワトソンのごとく、素直にうなずいてしまう。歴史探偵の言葉は続く。それは、《「大学の英文科入学試験委員」の件だと、わたくしは当りをつけている》、と。

試験問題は教授会できめながら、試験監督と採点の手間はすべて講師にやらせる。教授はなかの一名が総責任者になって口頭で指示するだけで、あと自分たちは一切やらない、というのが当時の東京帝国大学のおごそかな慣例であった。

講師であった漱石は、これに反発し、試験委員となることを拒否した。半藤が、このことを語った講演「夏目漱石・坊っちゃんを読む」はＮＨＫで放送され、ＣＤにもなっている。そこでは、漱石もこの委員を、二年間ぐらいはやったのだろう――といっている。となれば、

――仏の顔も三度。

だ。

教授も一緒にやるならいい。だが、面倒なことを講師に押し付けようという姿勢に腹が立ったのだ。

当然、すったもんだがあった。教授会に逆らえば、学内での出世の道は閉ざされる。

今まで、そんなことをする講師はいなかった。

半藤探偵の推理によれば、そこで憤激と共に筆が執られ、《「親譲りの無鉄砲で小供のときから損ばかりしている」と漱石先生は書きだしていた、とみるのである》。《赤シャツも野だいこも、うらなりも狸《たぬき》も、そりゃそれらしい人物が松山中学にいたことであろう。オレがモデルだと名乗りでた先生もあったらしいが、それはとりあえず風貌《ふうぼう》姿勢の一片を借りたまでで、頭に描かれていたイメージは当時の東大教授のだれそれであった》。《はるか四国の中学校に舞台を移して、「ぞなもし」のバカバカしい丁寧さに、「べらんめい」で太刀打ちさせたところに、教授会に抗した漱石の苦渋がにじみでている》。

こういわれると、『坊っちゃん』に当てられた、従来とは全く違う光に驚きもし、また、体制側に卵をぶつけ一時の快を得ても、ついには敗れて去らざるを得ない結末もうなずける。

歴史探偵の慧眼《けいがん》について思い返したところで、さてと『ありふれた教授の毎日』を読み進む。

かつて教授は、はるかなる南の国、ニュージーランドで時を過ごした。オークランドで滞在した家の息子の名が、ヘイミッシュだった。

それ以降、この名前の人に会ったことがない。というようなことをゼミナールで話すと、学生が、シャーロック・ホームズのワトソン博士のミドルネームはヘイミッシュだと教えてくれた。なぜ、そんなことを知っているのだろうか。

——おお、こんなところに名探偵ホームズとワトソンが出て来た。

と驚く。ワトソンのミドルネームのことなど、考えたこともなかった。この《学生》は、ベーカー街の探偵のファンだったのだろう。


　さらに、調べてみると、Hamishは、元来、スコットランドゲール語で、英語のJamesと同語源だった。なぜか、ふと、いまでも、「ヘイミッシュ」という「音」が懐《なつ》かしく、あの大学生を思い出すことがある。いまはもう、四十五歳とかのはずだ。


　それにしても、ヘイミッシュとは聞き慣れない響きだ。

小学生の頃、学校の図書室に数冊のホームズ物があった。しかし、最も印象に残っているのは、親に買ってもらった、ただ一冊のホームズ物語中、「オレンジの種五つ」だった。日常の中に突然食い入って来る、抗《あらが》い難い運命に戦慄《せんりつ》した。

上杉対武田《たけだ》というように、シリーズ全体で比べるなら、当時は圧倒的にルパン物が気に入っていた。ルパンびいきゆえに、小さい頃はホームズに、反感さえ感じていた。

きちんと読んで、面白いと思ったのは大人になってからだ。

3

そういうわけだから、ワトソン博士のフルネームなど知る筈がなかった。はたして、他の人はどうなのだろうと思う。

ホームズ物を出している出版社の編集者にお会いした時、打ち合わせがすんだ後、こういってみた。

「ところで、ワトソンのミドルネームをご存じですか？」

相手は、思わぬところに打ち込まれた剣士のような顔をして、

「う……、あのワトソンですか」

「ええ。そのワトソンです」

編集者氏はしばし、記憶のページをめくり、

「……ジョン・H・ワトソン……」

さすがである。なかなか、こうは答えられない。当たり前なら合格点だが、《H》では、問いの答えにならない。

引かば押せ、である。

「それが何の略か」

「うーん。《H》なら、ハ、ハ、ハー……」

くしゃみが出かかっているようだ。

「ヘイミッシュだそうですよ」

といって、出典について説明する。鬼の首を取ったよう――とまではいわないが、ちょっといい気分になる。

話の種になる豆知識を得たと思って、何人かの人に、自慢げに話した。

ところが、岩波書店から出ている『図書』を開いたら、柳広司《やなぎこうじ》氏が、「二度読んだ本を、三度読む」という連載の中でシャーロッキアンについて語っていた。「ヒーローの研究――ドイル『シャーロック・ホームズの冒険』」という回だ。

シャーロッキアンとは、ホームズ物語について、マニアックに研究する人達のこと

である。彼らは、様々な謎《なぞ》を見つけ、首をひねり、様々な答えを出す。中でも、特筆すべきもののひとつがこれだという。

《謎》「唇の曲がった男」で、ワトスンの妻メアリーが「ジョン」ではなく「ジェイムズ」と呼びかけているのはなぜか？

回答者は、英国の高名な推理作家ドロシー・L・セイヤーズ。

《答え》ワトスンの正式名称は「ジョン・H・ワトスン」。ミドルネームのHはスコットランド語で「ヘイミッシュ」。これは英語でジェイムズに相当する。

ため息が出るほど美しい回答だ——少なくともシャーロキアンにとっては。

ホームズの相棒の日本における表記は、ワトソン、ワトスンの二つがある。どちらが正しいということはない。

それはさておき、こちらの頭の中には、

——ワトソンのミドルネームはヘイミッシュである。

というのが、すでに確固たる事実として入っていた。だからしばらく、意味が分からなかった。

——セイヤーズが、ホームズ物語のどこかにヘイミッシュと書かれているのを指摘したのか……。

と、思った。しかし、事実をいっただけでは《ため息が出るほど美しい回答》とは思えない。

——おかしいな？

と首をかしげた。そのうちに、だんだんと霧が晴れて来た。ヘイミッシュ説は、セイヤーズの創作なのだ！

柳氏は、こう続けていた。

誤解なきよう言っておくが、作品の脇《わき》の甘さ、辻褄《つじつま》があわない点は通常は欠点としてあげつらわれる。ネットで糞味噌《くそみそ》に叩《たた》かれる。アバタもエクボが通じるのは恋をしている相手だけだ。

つまり、セイヤーズはここで、愛あるこじつけをしたのだ。

となれば確かに、キャッチャーがショートフライを取ってしまうような超美技、即《すなわ》ち、あり得ないファインプレーではないか。

遠い昔、中村教授のゼミナールにおける学生さんは、このエピソードを読むか聞くかし、

――ワトソン博士のミドルネームはヘイミッシュだ。

と、思い込んだのだろう。あるいは、鉦《かね》や太鼓を叩き、これを《事実》と触れ回った人が、近くにいたのかも知れない。

確認するには、詳しい人に聞くしかない。何でも知っているミステリ研究家戸川安《やす》宣《のぶ》氏に電話してみた。すると、たちどころに、

「ああ、『唇のねじれた男』のミスですね。ワトソンのことを、ジェイムズと呼んだという」

「ええ」

「あれは確か……ドイルの知り合いに、ジェイムズ・ワトソンという人がいた。相棒の名前を、そこから付けた。しかし、そのままというのも何だから、ファーストネームをジョンに変えた」

「はい」

「そういう経過があるから、ついうっかり、ジェイムズと書いてしまった。――これが定説だったと記憶しています」

「なるほど」

頷《うなず》ける。ただの間違いだった。

つまり、ドイルはジョン・H・ワトソンの《H》が何か、記していないのだ。セイヤーズは、そこに食いつき、何と《謎》を解いてしまった。

戸川さんは、さらに詳しい人（そういう人がいることが凄《すご》い）に問い合わせてくれた。そして、その一件について書かれているセイヤーズのエッセイの題名まで教えてくれた。

4

ヘイミッシュ問題が思わぬ形に発展した。これは、なかなか面白い実例だ。

作品は、ひとつのものとしてそこにある。だが、それを読む人は何人もいる。その数だけ、また新たに作品が生まれる。

――なぜ、ジョンの筈であるワトソンが、ジェイムズと呼ばれたのか。

この疑問に対し、

――ワトソンの名は、ジェイムズというドイルの友人から来ている。だから、つい書き間違えたのだ。

というのは、研究者の読み方だろう。

これに対し、

――ミドルネームの《H》を、仮にヘイミッシュと考えれば、それは英語のジェイムズになる。

という輝くような発見から、

――日常生活の中で、妻はそれを、ジェイムズと呼んだのだ。

とするのは、いたって創造的といえる。天空を行くような理論だ。

半藤一利氏の、『坊っちゃん』に対する迫り方は、この双方を合わせ持つものだ。

行き方としては、どちらもある。

――その、いずれが正しいのか。

という地上の物差しを当てられたら、評論という分野はなり立たない。他者の作品によって自己を語るのが評論家だ。

勿論《もちろん》、間違っていて美しくない解釈もある。そういうものは三文の値打ちもない。

一方に、作者が違うといっても輝きを見せる読み方も、あるわけだ。

俳句や短歌などの短詩形文学においては特に、読みの創造性が作品を深める。

古典的なところでは、教科書にも載る『去来抄』の例がある。

去来の作、

　岩はなやこゝにもひとり月の客

を、洒堂《しゃどう》が《月の猿》とした方がよかろうといった。そこで芭蕉《ばしょう》に聞いてみると、

「猿とは何事だ。お前は、一体、どういうつもりでこの句を作ったのか」

「月の光の美しさに引かれて歩いていたら、岩頭に、自分と同じような風流人がいるのを見つけた――このように思ったのですが」

　すると、

「それでは駄目だ。風流人が岩の上から、《こゝにもひとり月の客》と名乗り出たとする方が、はるかにいい」

去来は、これで自作が数段上のものになった――と、感服した。

というわけだ。

解釈によって、作品がより大きくなる例として広く知られる。

普通、こういうことは作者の没後に、読み手が行うものだ。それを許すのが作品の

大きさだ。巨大な作品は時代が移ろっても、また新たに生まれ変わる。それに耐えないものが時の波間に沈んで行く。

　これが読みの多様さを示す例として面白いのは、去来が、いわば御託宣として有り難がった俳聖芭蕉の解釈を、真っ向から否定した人物がいることだ。正岡子規である。山本健吉は『古典詞華集一』（小学館）の、この句の説明のところに、子規の言葉を引く。

　自ら名のり出《い》づるとは何事ぞ。伊賀《いが》生れの一老爺《ろうや》未《いま》だ大悟徹底せず。暗中に模索して壺裡《こり》に匍匐《ほふく》す。平生嘲罵《ちょうば》せらるゝ的《の》洒堂の著眼《ちゃくがん》、こゝに於《おい》て芭蕉より高きこと二等。くらはし得たり芭蕉頭上の三十棒。

というのだから、しばし、呆然《ぼうぜん》としてしまう。

　山本健吉はただこれを引いて、偶像破壊をしようというわけではない。なぜ、こうなるかを述べている。そこが大事なところだ。

　子規は、写生を唱えていた。だから、芭蕉の立場を肯定出来ない。《発句はお前のように、物を取り合せて作るものでない、と師に叱《しか》られていた洒堂の傾向に、共感するものがあったのだ》。

まことに、読むとは見ることであり、そうなれば、どの位置、どの高さに自分がいるかで、目に入る眺めは全く変わって来る。当然のことだ。

ところで、戸川安宣氏は東京創元社の社長を務めたことがある。山本健吉は、最初の妻と死別、二度目の結婚の時の仲人《なこうど》が、東京創元社の初代社長であり、小林秀雄《ひでお》の『無常といふ事』などを出した小林茂だったという。

だからどうというわけではない。しかし、考えているうちに、糸が繋《つな》がるように、思わぬところで、それとこれが結び付くのが面白い。

5

——と、このようなことを考えていた頃は、まだ寒かった。

やがて桜がつぼみを持ち、新潮社の担当さんから打診があった。

「七月に、京都に行っていただけませんか」

雑誌の編集の方が、京都の大学の先生と知り合いだった。そちらから、《読む》というテーマで話してもらえないか——と依頼があったそうだ。

ちょうど今、考えていたことだ。縁を感じる。声をかけていただいたのも光栄である。ただ、原則として《講演》という形のお話はしていない。出来ないわけではない。むしろ、話し出せば止まらなくなる方だ。しかし、はるか昔に思ったことがある。学校の体育館で話す大山康晴《やすはる》永世名人・王将の話を聞いたことがある。呼んだ担当者にとっては、

——あの有名な大山名人。

であり、ぜひとも話を聞きたかったのだろう。確かに、

——相撲は大鵬《たいほう》、碁なら坂田栄男《えいお》、そして将棋は大山康晴。

という時代があった。

しかし、将棋に関心のない生徒には、名前を聞いたこともない相手だ。よほど話術が巧みでなければ耳を傾けさせることは出来ない。

豊かな時間が過ぎたとはいえない講演会になってしまった。

——失礼だったし、何より勿体《もったい》なかったな。

と思った。

一芸に秀《ひい》で、天下を取った方である。同じ壇上に、担当の先生や何人かの生徒達が並び、自分達が今、そういう方から聞きたい質問を投げかけ、答えてもらったら、充

実した一時間半になったろう。

そう、強く思った。

どの会であろうと、呼ぶ側に、

――この人を呼ぶからには、これを聞きたい。

というポイントがある筈だ。それを逃してはならない。

何より、来た誰かに話してもらい、時間さえ過ぎれば《決まった行事》が終了する――というのは嫌だ。語る人と呼ぶ側とで作り上げて行く講演会もまた、ひとつの実りある形ではないか。

無論、打ち合わせが必要になる。講演者が壇上に立つ前に、まず担当者や質問者との会話が始まっている。しかし、それが担当者にとって《割り振られたから、こなさなければならない仕事のひとつ》でなかったらどうか。そのことが《わくわくする喜び》なら、《強制された仕事》の味気無さは薄れる筈だ。実はこれは、それほど手間のかかることでも、難しいことでもない。やり取りしたい人だから呼ぶのではないか。そして壇上に自分達の代表が上がっていれば、聞き手にとって受け身の集まりではなくなるだろう。

会場の人が、自分達も参加していると思えたら素晴らしい。思えば授業もそういうもので、理想の実現はなかなか難しい。


もとより、一般的な講演会を否定するものではない。会場の心をつかんで感銘を与えてくれる人がいる。理路整然として乱れることのない江藤淳《じゅん》、自由奔放で天空を行くような田中小実《こみ》昌《まさ》。聞けてよかったと心から思える石垣りん。文学系ばかりではない、プロボクシング世界チャンピオン輪島功一の、話の合間に自身の心に問いかけつつ進む《本当だ、本当だ》という調子など、何十年も経《た》った今でも耳に残っている。

ただ自分は、遠い昔に考えたこの形を、めったにないからこそ大事にしたい。

――上から、一人で話すのでなければ。

といい、幸い、学生さん何人かが壇上に上がってくれることになった。

6

春も過ぎ、雨の続く六月になった。そういう日のお昼近く、メールが届いた。

お元気でいらっしゃいますか。宇宙のような紫陽花《あじさい》が咲いていました。

しばらく前に、山に登る女性編集者を主人公にした小説を書いた。ついこの間のようだ。しかしながら今、あらためて本を取り出し、奥付を見ると、まとまったのはもう四年も前のことになる。時間が自分勝手に、速く流れて行く。

その山の物語を断続的に書いていた頃、併走してくれた方だ。

今でも一年か半年に一度ぐらい、心に響いた《眺め》の画像を送ってくれる。遠い間隔が、長く伸びながら切れない糸のようで嬉《うれ》しい。

こちらは、いわゆるガラケーだ。三十数年前、ワープロを買った頃は時代の先端を行っていたのに、月日の経つうち、パソコンにもスマホにも置いて行かれた。成長しない携帯の画面は、マッチ箱より小さい。

ところで、一週間ほど前のことだ。隣の市の図書館まで車で出掛け、その帰りだった。優先道路から交差点をじわじわ右折して行くと、こちらが曲がり切らないうちに、細い方の道に一時停止していた右折車が、見切り発車して来た。気がせいていたのだろう。もともと右に寄せていたのに、さらにハンドルをぐぐっと右に切って来たから、たまらない。行き過ぎようとするこちらに、車体の後部が寄りガリガリと歯を立てた。

そのまま逃げられたら終わりだったが、相手はいい人だった。車を停め、降りて来てあやまってくれた。後で聞いたら、不動産会社の社長さんだという。若くないから、心にも余裕がある。そして、いった。

――うちの車は、もう一週間で買い替えるところだったんですよ。

だから荒い運転をしていたわけでもないだろうが、最後の最後でこうなったわけだ。こちらの車の擦り傷は、保険で直してくれることになった。

そんなわけで、家に車がなかった。座椅子《ざいす》に座って一人、しとしと雨に降りこめられ、じっと静かにしていた。

そういうところに、

――今、見ました。

という外の眺めが届いた。小さな窓が開いたようだ。

ガラケーの、三センチかける四センチほどの画面は、小さい子の手のひらにものる秘密のカードのようだ。

写っているのはアジサイ。しかし、花びらで覆《おお》われた毬《まり》のようなそれではない。ガクアジサイ。中心部に、小さな粒々の小花が密生し、キキョウのような、紫の八つの花が外周に円を描いている。その配置の具合に、なかなか見られない、自然な流れがあった。

宇宙のよう……

といわれれば、小花の群れは遠景の星々であり、近くに巡る八つの花が天体の運行に見える。

座椅子から立ち、窓に寄る。雨は、いつの間にか上がっていた。曇り空が広がっていた。

この時期は、少し離れても天気が変わる。画像が撮れたのだから、このアジサイも雨に覆われていなかったのだ。何げない一瞬を見逃さない目が、これを送ってくれた。

ありがとうございます。円環を描《えが》けばやがて還《かえ》る時。どこで、出会った花ですか。

と、返した。画面にあるのは花と葉で、周囲の様子は分からない。

うちの近所の街路樹の下に生えていたものです。くるまがびゅんびゅん走っている交差点のすぐ脇。そこの空気だけが、しん、としていました。

出社の途中で切り取った眺めだろう。しばらく逢《あ》わないその人の、大きな瞳《ひとみ》を思った。その目が、梅雨のおかげで蟄居《ちっきょ》閉門の身に代わってアジサイを見てくれた。道端の花に宇宙を見るのも《読む》ことだ。それぞれの人が、それぞれの対象に向かい、それぞれの読み方をする。

そこでふと、萩原朔太郎《はぎわらさくたろう》の詩句が浮かんだ。

　こころをばなににたとへん
　こころはあぢさゐの花

高校時代の愛読書のひとつ、文庫本の『朔太郎のうた』に出ていた。はるか昔に読んだ本は、よく覚えているものだ。

——あ……。

灯がともるように、京都の話では朔太郎に触れようと思った。

7

七月。炎暑の日の午前、新幹線のホームに立った。

目的の大学までどう行くか、一応、耳には入れていた。しかし頼れる案内役に甘え、あまり真剣には聞かなかった。スタートの座席さえ間違えなければ、

——あとは、おまかせ。

と、気楽に考えていた。

京都までは、この話を受けた、雑誌の編集さんが同行してくださる——筈だった。

こういう待ち合わせをすると、ホームで出会うことも多い。だが、人波の中に当てにした姿がない。

滑り込んで来た、のぞみに早々と乗り込み、座席に着く。

文庫本を開いて読み出した。次第に発車時刻が近づく。それでも、一人だ。

——はて……。

活字を追ってもいられなくなった。本を閉じる。座席はかなり埋まって来たのに、隣は空いている。やがて、——窓の風景が静かに流れ出した。

大人だから、あわてふためいたりはしない。当然のことながら、チケットをもう一度、確認する。この新幹線、この車両、この席だ。間違いない。

――編集さんは、後部車両から乗り込んだのだろう。今、車内を、こちらに向かって歩いている。

希望的観測の画面を脳内に開いている時、携帯に着信があった。

――品川で乗ります。

その通り、品川で、眼鏡をかけた冷静沈着な編集女史に出会えた。

「どうも、すみません。――遅れてはならじと、こぶしを握っていたら、ひとつ前のに乗ってしまいました」

「おお」

人生いろいろである。

西へと向かう列車の中で、話した。

「読む――というテーマは、この場合、《読解》のことです」

「はい」

「ひとつの作品に多様な読みが生まれる。読者の数だけ読みがあるといってもいい。――それを端的に示す例を見つけました」

「何でしょう」

「萩原朔太郎です」

「詩ですか」

「そうなんですが、読みは読みでも文字通り――《朗読》を材料にすると、ことがはっきりして、しかも面白いと思うんです」

朔太郎ともなれば何回も読まれ、商品化されている。素材に困らない。うちの棚をちょっと探しただけでも、何種類か見つかる。

「新潮社から出ていたのは、これですね」

と、足元に置いた紙袋の中から、一枚のCDを取り出した。『萩原朔太郎詩集』。井《い》川《がわ》比《ひ》佐《さ》志《し》が読んでいる。

「おお、何でも持ってますね」

「朗読が好きなんです。ただし詩の場合、聞いた時の違和感は、小説以上ですね。石垣りんさんの自作朗読なんかだと、これはもう豊かです。言葉に身をゆだね、ずっと聞いていたくなる。――でも、大概は《うわー、やめてくれー》となりますよね」

「凝縮されてるだけに、抵抗が大きいんでしょうね」

「そう。イメージが壊される。気持ちが悪くなる。苦しい。――逆にいうと、そこが面白い」

「マゾヒスティックですね」

「苦しいからこそ、自分の立ち位置が確認される」

さらに文庫本の『朔太郎のうた』を取り出した。現代教養文庫。古い本である。ページを開き、

「――例えば、『天景』という詩がある」

　しづかにきしれ四輪馬車、
ほのかに海はあかるみて、
麦は遠きにながれたり、
しづかにきしれ四輪馬車。
光る魚鳥の天景を、
また窓青き建築を、
しづかにきしれ四輪馬車。

天空を行く馬車のイメージがすんなり胸に入り込む。きしきし、ときしむ車輪の響

きが聞こえる。

「このリフレイン。これを、どう読みます？」

編集さんは《しずかにきしれ》と声に出し、後を、

「――《しりんばしゃ》」

と続けた。

「《しりん》ですか」

「前が《しずかに》と始まっていますから、《しりん》と受けたくなりますね」

「でも《しりんばしゃ》というのは、どうでしょう。《いちりんしゃ》《にりんしゃ》《さんりんしゃ》までは、誰からも異論がでませんよね」

「――オリンピックの《ごりん》も」

「だけど、《しりんしゃ》っていいますかね」

編集さんは、ちょっと考え、

「子供の頃、歌った歌に《いち、に、さん、し、ごりら》というのがありました」

そう来るか。

「確かにね。――折口信夫《おりくちしのぶ》先生も《四十をヨンジュウ》とよんではいけないといっていました。《シジュウ》なんだと」

「……《シジュウカラ》」

四十雀――と書く。

「うん。《ヨンジュウカラ》とはいいませんね。――しかし、人を数える時、下に《人《にん》》と付けば、《さんにん、よにん、ごにん》でしょう。《さんにん、しにん、ごにん》とはいわない」

「《ひーとり、ふーたり、さんにん来ました。よーにん、ごーにん、ろくにん来ました》ですね」

これも、子どもの歌の例だ。

「《人》が《輪《りん》》ならどうなるか。――こう書いたら？」

文庫にかぶせた紙カバーにペンを走らせた。

――四輪駆動。

「それは……《よんりんくどう》でしょう」

誘導尋問を終え、

「その線で行けば、どうなるか。七五調の詩だから《よんりんばしゃ》とはならない。撥音《はつおん》の《ん》が消えて、《しずかにきしれよりんばしゃ》になる」

編集さんは、にやりとし、

「そちらの説ですか」

「説というより、そうとしか読めなかった。最初から」

「うちのＣＤはどうなんです」

「そこですよ」

　とＣＤを取り上げ、

「──あろうことか、《しりんばしゃ》と読んでるんです。嫌でしたねえ」

「えへへ」

　と嬉しい顔をする編集さん。新潮社の連合軍だ。

8

「《しりん》というと仏教語になってしまう。そちらの方の四つの輪だから、宗教的になる。《四輪馬車》はやはり、《よりんばしゃ》と読みたい」

「振り仮名はないんですか」

　文庫本を示し、

「これにはないし、元の『月に吠《ほ》える』にもありません」

編集さんは、新潮社ＣＤの読みに力を得て、

「やっぱり、《しずかに》《きしれ》《しりん》《ばしゃ》と、《し》の音を大事にしたいですねえ」

と胸を張る。負けてはいられない。

「ところがね、《よりんばしゃ》のＣＤもあるんです」

「ほお」

新幹線は、小田原の辺りを過ぎて行く。

「朗読の場合、読み手の個性に出会いたくて聞くことも多い。岸田今日子なんか、その典型。長年、聞いていると、最晩年のものに衰えが感じられて、《おや？》と思う。そこは哀《かな》しい。——しかし、元気な頃の読みには、独特の味がある」

作品に関心がないのに、

——あの岸田今日子が、どう読んでいるか。

と、買ってしまったＣＤもある。

「岸田さん、朔太郎も読んでいるんですか」

「ええ。——一番まとまっているのは、バンダイ・ミュージックから出ている『オーディオ詩集　萩原朔太郎詩集』。これには、何十年も前の、カセット版の頃から親し

んでます。CDが出ているのを知り、やれ嬉しやと買い直しました」

「それが――《よりん》ですか」

「ええ。勿論、《よりん》と読んでます」

　ことさら、勿論、と強調する。

「はあ……」

「それだけじゃない。強力な助《すけ》っ人《と》がいますよ。――谷川俊太郎です」

「おお」

　いきなり、大リーグの選手が代打に出て来たようだ。

「上毛《じょうもう》新聞社が出したCD『詩集　月に吠える』というのがあります。朗読は日下《くさか》武《たけ》史《し》。しかし谷川が、好きだという四編だけ、解説を加えつつ、自分で読んでいる。そこでは《よりんばしゃ》です」

「うーむ」

　今度はこちらが、にやりとし、

「岸田今日子や谷川俊太郎の感性は、《しりんばしゃ》と読むのを許さなかった」

　胸を張ると、

「意地悪ですね」

「まあ、しかし、――《しずかにきしれしりんばしゃ》という響きに魅《ひ》かれる立場も、無論、あるでしょう」

「ええ」

「事実、朔太郎には『黒い風琴』という詩もある。《おるがんをお弾きなさい　女のひとよ》と始まる。

　　お弾きなさい　おるがんを
　おるがんをお弾きなさい　女のひとよ。

「この辺りの《お》の使い方は魔術的です。昔風のオルガンの音が文字の間から響いて来る。『天景』でも、こういうことをやっていたのではないか――とはいえる」

編集さんは、《ほらね》という顔をする。引かずに、

「でもねえ、《しりんばしゃ》は嫌だ。《よりんばしゃ》じゃないと気持ちが悪い。ということは要するに、どちらが正解――なんて、いえないわけでしょう。――文字という対象が、読み手の中に入って音になる。それが、人によって違うところに、読みの創造性もあり、面白さもある」

そういうと、編集さんは、ちょっと考え、

「――ミツワ石鹼《せっけん》、というのもありましたね」

「ああ。コマーシャルソング、覚えてます。《ワ・ワ・ワ・輪が三つ》でしたね」

「正解なしとなれば、《よつわばしゃ》――という選択肢もありですかね」

ちょっと困った。

「それは……駄目かなあ」

そろそろ、富士が見える。

9

「これを素材にするんですか」

と、編集さん。

「いやあ、こちらはほんの枕《まくら》です。学生さんとやり取りしたいわけです。学生さんにも参加してもらいたい」

「というと？」

「その場で、読んでもらいたいんですよ」

「詩を？」

「その一部をね。——考えたら朔太郎は、それにぴったりなんです。オノマトペがある。特に擬声語」

「わんわん、にゃあにゃあ？」

「はい」

「がったん、ごっとん？」

そう単純ではない。話を続ける。

「普通の文章を読んでも、人により、声質や緩急、間で違いは出ます。しかし、アクセントが日本語の決まりに縛られる。《端《はし》を持つ》と書いてあったら、《箸《はし》を持つ》とは読めない」

「そりゃあそうですね」

「ところがですね、朔太郎の擬声語は、こういった縛りから自由なんです。何しろ、犬が鳴くのも、こうですからね」

「遺伝」の例を示す。

なにかの夢魔におびやかされ

かなしく青ざめて吠えてゐます。
　のをあある　とをあある　やわあ

「うわあ」

「《わんわん》といった読みの常識なんか、助けにならない。どういう調子かは、読む者が各自の胸に響かせるしかない」

犬のこころは恐れに青ざめ
夜陰の道路にながく吠える。
　のをあある　とをあある　のをあある　やわあああ

「――この吠え方には、嫌でも読み手の個性が出る。新潮社のCDで、ここを聞いた時、そりゃあもう、驚きましたよ」

「イメージが違った？」

「思ってもみないものでした。長年、こういうものだと胸に温めて来たのと、まるで違う。そうなるのが当たり前でしょう。黙読している時、頭の中にそれぞれが《のを

あある　とをあある　のをあある　やわああ》を作っている。普通の文章ではないだけに、違いは、一行前の《夜陰の道路にながく吠える》以上に劇的になる。――百人の学生が、それぞれに吠えているところを想像したら、どうです？　ちょっと凄くないですか」

月明かりの庭でやってみたい。真冬の夜の方がいい。

10

「学生さんに、吠えてもらうんですか」

「いや、舞台心がないと、照れちゃって駄目でしょう」

「羞恥心《しゅうちしん》ですね」

「ええ。それを考えると、犬よりこっちの方がハードルが低い。――鶏です」

　しののめきたるまへ
　家家の戸の外で鳴いてゐるのは鶏です
　声をばながくふるはして

さむしい田舎の自然からよびあげる母の声です
とをてくう、とをるもう、とをるもう。

文字通り、「鶏」という作品の冒頭だ。
「朔太郎は、こんなことをいっています」
文庫本『朔太郎のうた』に引かれているエッセイ、「音響の表現」の一部を示す。

元来、動物の鳴声、機械の廻転する物音などは、純粋の聴覚的音響であつて、言語の如《ごと》く、それ自身の意義を説明する概念がないのであるから、聴く人の主観によつて、何とでも勝手に音表することが出来るわけである。したがつて音楽的効果を主とする詩の表現では、かうしたものが、最も自由のきく好取材となる。私もまたその理由から、好んでこの種の音響的主題を用ゐた。

編集さんは頷き、
「日本で《コケコッコー》、イギリスなら《コッカドゥドゥルドゥー》、しかし、朔太郎の王国の鶏は――《とをてくう、とをるもう、とをるもう》と鳴く」

「そうです、そうです。原音から、個性によって、こう文字化された。それを今度は、読む人の個性によって、再生してもらおう——というわけです」

さてどうなりますか——などと、あれこれ話すうちに、名古屋を過ぎ、京都に着いた。

会場となる大学の控室で、舞台に上がってくれる、三人の学生さんと顔合わせする。大阪の地震も、そして西日本の災害もあったので、クーラーの効いた部屋で話しているのが申し訳ない。

「こちらはいかがでした」

と聞くと、

「大阪寄りでは浸水したところもありました。近くの河も溢《あふ》れそうになったんです」

と男子。女子の方が、

「うちは漫画のように雨漏りがして、あちこち、ぽとぽと落ちるのを、入れ物で受けました。今、見上げると、十か所ぐらい、天井がコーヒーをこぼしたようになっています」

《漫画のように》というのを、なるほどと思った。半世紀も前には、台風の時の雨漏りが珍しくはなかった。

コミックファンの学生さんで、古い漫画も読んでいるのだろう。そういうところに出て来る情景なのだ。

被災地ではトークなど聞いている場合ではない。京都も、暴虐《ぼうぎゃく》な——といっていい暑さに襲われている。そういう中だが、どこかで何かに繋がると思って、出来ることを頑張ろう。

今日、話すことの打ち合わせをする。小さい部屋をひとつ借り、学生さんに一人ずつ来てもらう。読みの独自性を保つためだ。

用意した「鶏」冒頭のコピーを渡し、音読してもらう。予想通り、《とをてくう、とをるもう、とをるもう》の調子は、三人、見事に違った。

——しめしめ。

してやったり、だ。

「そういう感じで、お願いします」

11

会場は、大学のホールである。

挨拶《あいさつ》や、司会の方の紹介があった後、四人で壇上に上がる。質問されたことに答えて行く。

ゆるゆると、朗読の話に移って行く。

「本は、洋の東西を問わず、元々、音読されるのが普通でした。今、読み聞かせというと、親が子供にするものですが、大人に向かってもされたんです。作家が人を集めて、新作を読んだりすることもありました」

朔太郎の詩の、擬声語の話をする。

「今は普通は黙読します。朔太郎の、それを使った詩の中で、一番有名なのは『月に吠える』の中にある『猫』でしょう。プリントを見てください」

猫

まつくろけの猫が二疋《ひき》、
なやましいよるの家根のうへで、
ぴんとたてた尻尾《しつぽ》のさきから、
糸のやうなみかづきがかすんでゐる。

『おわあ、こんばんは』
『おわあ、こんばんは』
『おぎゃあ、おぎゃあ、おぎゃあ』
『おわああ、ここの家の主人は病気です』

「見事ですね。真っ黒い猫に続いて《よる》という平仮名が出て来ると、もうその文字から春の夜が広がり出します。これは一読、忘れ難い。――朔太郎の詩を、わずか数編しか入れていないＣＤでも、これを選んだりしている。それだけ魅力的なんです。――ところがですね、これほど朗読で聞くのに、適さない作品も珍しい。経験的に知っている。どういうことか。論より証拠。かけてみましょう。――岸田今日子さんの朗読です」

低く抑えた調子で始まる。やがて、後半になる。猫の鳴き声が続いた後、《ここの家の主人は病気です》のところで会場に、かなりの笑い声が起こった。

「そうなるでしょう。これはね、仕方がないんです。《病気》というのは朔太郎のよく使う言葉のひとつです。文字で読んでいる限りは、病んでいる人は屋根の下にふせっている。そこからまた、春の夜の空気、どこか病んだ感じも伝わって来る。絶妙の言葉遣いです。——そうなんですが、朗読を聞いていて、《おわあ》や《おぎやあ》《おわあ》が続いた後に《病気です》と結ばれると、それが落ちのようになってしまう。——読んでる岸田さんが《病気》のような気になる。それで思わず、吹き出してしまう」

会場のあちこちに、頷《うなず》く頭がある。

「それでは、今度は——猫ではないものに登場してもらいます。プリントの続きを見てください」

「鶏」を紹介する。

「では、これの出だしの部分を、皆さんのお仲間である三人の方に読んでいただきます」

うまく行く筈《はず》だった。

12

三羽の鶏は夜明け前の空に向かって、それぞれの声で鳴く筈だった。

さて、最初の男子が、別室で聞いた時とうってかわっておとなしい調子だったのは仕方がない。これは予想出来た。

しかし、二番目に読んだ女子は、その読みに引きずられた。ほとんど同じ鳴き方になった。続く女子もそうだった。

客席に向かって、弁解気味にいうしかない。

「先ほど、個別に読んでいただいたんです。その時はね、もっと個性が出ていたんです。――信じてください、ほら、この目を見て」

お客さんに笑みが浮かぶ。悪い雰囲気ではない。

並んだ学生さん達に、

「どうでしょう、さっきと違ったとは思いませんか」

「そうかも知れません。――緊張してますし、正直なところ、前、どう読んだか覚えてません」

「皆さんの読みが似たのは、一番目の読みにリードされたところがあると思うんです。ここから《読み》の別の問題も見えて来ますね。《補助線》のことです。――中学生や高校生だと、文庫本を読む時、自分より解説を信じてしまうことがありますよね。それによって《読み》が左右される。当然のことです。良い補助線、優れた手助け――は、勿論《もちろん》、ある。先生の存在ですね。自分達の経験では分からないような方向から、作品に光を当ててくれる。《ああ、そういう見方があるのか》という——快感を与えてくれる。それが先生です。先生といっても、それは高い所にだけいるわけじゃない。友達の中にもいる。風の中にも、花の中にもいる」

アジサイの花の中にも。

「——文庫本の解説も、そのひとつです。——でも、自分の《読み》も大事にしないといけない。それが浅いものや、独りよがりであることも多いでしょう。若い時は、なおさらです。無価値だと思い、馬鹿《ばか》にしていたのが、実はこちらに理解する力がなかっただけだ——ということもよくある。自分という山の裾野《すその》が広くなっていけば、次第にそういうことも見えて来ます」

思いがけない展開のおかげで、別の話も出来た。複数で壇上にいるからこそだ。

男子学生が、

「僕達が最初に読んだの、録音しとけばよかったですね」

「そうだ！　全くそうですね。そういう形でやったら、きっと面白かった」

残念無念と思うのもまた、一期《いちご》一会《いちえ》だからこその味わいだ。

ここで合図をして、新潮社のＣＤをかけてもらった。井川比佐志の読む「鶏」だ。

とをてくーうー、とをるもーう、とをるもうー

音感のいい人なら楽譜にして見せられるのだろう。ここでは、ただ、

——文字には出来ない。

というしかない。それが文字になっているのが朔太郎の世界だ。

「いかがです」

女子が、

「全く違いますね。何だか、聞いていて、思いがけないところに扉を開けられたような、変な感じがしました」

書かれた擬声語とは、捕らえ難い蛇のようなものだ。多くの人の胸にさまざまな響きを響かせる。

文字とは不思議な楽譜だ。

13

翌日はおみやげを買い、炎天下、祇園《ぎおん》を歩いた。京都らしい浅い川の水が、きらき

らと光っていた。

甘味屋に入り、氷甘夏ミルクというのを食べた。かき氷なのだが、淡雪のように柔らかく、おいしかった。

家に帰って八月、創元推理文庫の『コードネーム・ヴェリティ』を読んでいたら、こんな一節に出会った。スコットランドでの場面だ。

男の子たちは整列した士官よろしく、次々と名乗った。ヘイミッシュ、アンガス、マンゴー、ラビー、タム、ウリー、ロス、そしてジョック。

吉澤《よしざわ》康子《やすこ》訳。

ヘイミッシュは多い名前ではないだろう。わざわざこれを、雀《すずめ》のように並んだ子供達の一番最初に持って来た。

――意識的だろうと、そうでなかろうと、ここにはエリザベス女史の、大先輩ドロシー・セイヤーズへの敬意があるのではないか。

そんなことを考えた読者は、ほかに一人もいないだろう。少なくとも、日本には。

それぞれの位置から向かい、それぞれの収穫をする。
それこそが、読むことの面白さだ。

付記

1

ここでわたしは、萩原朔太郎の《しづかにきしれ四輪馬車》を《よりんばしゃ》と読むべきだ——といっているわけではありません。ただ、わたしにとっては、その読みしかない。これは確かなことです。初めて目にした時から、そうでした。

ですから、岸田今日子の読みをごく自然に受け止め、新潮社のCDが《しりんばしゃ》といっているのが耳障《みみざわ》りでした。《しりん》の《しり》という《-i＋-i》

音の連続が、窮屈なものに思えました。

のちに谷川俊太郎が、《よりんばしゃ》と読んでいるのを聞き、心の広がる思いがしました。こうあるべきだと思ったのです。

何の前提もなしに《四輪馬車》という言葉を出された時、人は何と読むでしょうか。ファーガス・ヒュームの『二輪馬車の秘密』を、随分昔から好きな作品のひとつにあげている無類の本好きの方を思い出し、この質問をしてみたら、即座に《よりんばしゃ》という答えが返ってきました。それはそうでしょう。《しりんばしゃ》という読みは、普通には出てこない。無論、《よんりんばしゃ》よりは、《よりん》の方がいいやすい。《しゃ》は一音になりますから、五音の《よりんばしゃ》となるのが、口に出す言葉として、自然でしょう。これに対して《しりん》は、無理な読みに思える。

勿論、これは、わたしの感性によるものです。

ところが、後から知ったのですが、大岡信《まこと》が『折々のうた』の中に、この詩を引き、《しづかにきしれ四輪馬車《しりんばしゃ》》と振り仮名を振っているのですね。音楽の演奏でも、最初に耳にしたものが、あるべき基準として頭に残ります。大岡信であり、『折々のうた』です。この力は大きい。

それでも、わたしの読みは揺るぎません。《し》の音の多用といったところで、《おるがんを／お弾きなさい／女のひとよ。》とは違います。《しづかに／きしれ／四輪馬車》と《きしれ》のところで、朔太郎は語頭の《し》を捨てています。仮に《きしる》という動詞が《しきる》と発音されるものであり、《しづかに／しきれ／四輪馬車》となっていたら、わたしも一も二もなく《しりんばしゃ》と読みます。そうではない。

となれば《しづかに／きしれ》のあとに続くのは、柔らかな《-o》の音であってほしい。《よ》から始まる《よりんばしゃ》であってこそ、馬車は《ほのかに海はあかるみて、／麦は遠きにながれたり》という風景の中を進む。そう思えるのです。

2

広く知られた句に、後藤夜半の、

瀧の上に水現れて落ちにけり

が、あります。

わたしはこれを、最初、振り仮名のない形で読みました。息を呑みました。上五の字余りが効いている。《たきのうえに》だからこそ、ストップモーション、あるいはスローモーションの画像としての《水》が生きる。名作だと思いました。ところがですね、福田甲子雄《きねお》の『忘れられない名句』（毎日新聞社）を読んでいたら、《瀧》は新字の《滝》として、

滝《たき》の上《え》に水現《みずあらわ》れて落《お》ちにけり

と、振り仮名が振ってあったのです。そして、《格調を持った俳句の伝統を踏まえた句であるから「上」を「え」と読んで、上五音の定型リズムとしたほうが、より格調を増すのではないか》と説明しています。

——そんなことがあるものか。

と、思いました。流れ過ぎて、句が小さくなると考えたのです。書棚の、手を伸ばせばすぐ届くところにある、鷹羽狩行《たかはしゅぎょう》の『決定版　名所で名句』（角川ソフ

イア文庫）を開いてみました。この句は、《滝口に現れ落ちる水を、スローモーション映像を見ているかのように活写した》とあって、ルビはない。なければ人は、当然《うえ》と読むでしょう。

高砂の　尾の上の桜　咲きにけり　外山の霞　立たずもあらなむ

は『百人一首』の歌。これを《おのうえの》と読む人はいない。《をのへの＝おのえの》と読むから《尾の上の桜》は七音になります。《しづかにきしれ四輪馬車》を《しずかにきしれよんりんばしゃ》と読む人はいないでしょう。それでは、リズムが止まってしまう。

しづかにきしれ四輪馬車、
ほのかに海はあかるみて、
麦は遠きにながれたり、
しづかにきしれ四輪馬車。

七音五音
七音五音
七音五音
七音五音

という流れです。

《高砂の尾の上の桜》は五音七音、人は自然に《おのえ》と読む。しかし、《瀧の上に水現れて》の場合には、それでは困る。流れてほしくはない。

あらためて、うちにある本を調べてみると、尾形仂《つとむ》編の『俳句の解釈と鑑賞事典』（旺文社《おうぶんしゃ》）には《え》というルビがありました。

本の性質上、振り仮名なしというわけにはいかない、辻桃子・安部元気編著の『聞いて楽しむ俳句　厳選名句』（創元社）にも《え》が振られていました。これを見ると、作者の考えが即ち正しい（俳句の場合は、そうともいえないのですが）とするなら、正しいのは《え》であったように思えてきます。

しかし、かなりの本にルビがないのです。なければ《うえ》と読む。そう読んでほしい人が多いのではないでしょうか。身近な方に聞いても、《え》という読みに拒否反応を示す人が珍しくない。

わたしの書いている、この物語には、《担当さん》と《プー編集長》が登場します。小説ですから、作中人物は現実の方々そのままではない。どう違うのか、くわしくは書きませんし、書くべきでもないと思います。

朔太郎の詩『天景』について、ここで異例ですが、作中を離れ、現実のお二人の反応を示すと、担当の方は《よりん》、編集長は《しりん》を支持しています。

その編集長に、《瀧の上に》の読みについて、意見をうかがうと、《うえ》以外の読みは考えたこともなく、

——これは、字余りがいいんですよね。

というお答え。こちらに関しては意見があいました。《え》が正しい読みだったとしても、《うえ》を支持する人たちは確かにいるのです。

その存在は許してほしいし、《よりん》もまた、そうであってほしいと思います。

3

——谷川俊太郎が……。

というわたしに、編集長は、その子である谷川賢作さんが『天景』の作曲をしていて、そちらでは《しりん》になっている——といいます。これにはあまり動揺しない。メロディが付いたり、歌われたりすると、詩は別のものになってしまうからです。歌としては《しりん》がよく響くというのはあり得ることです。

しかし、萩原朔美さんや、小池昌代さんもそうだ——といわれると、これはつらい。実は、日本近代文学館主催の、『夏の文学教室』を聴きに行き、小池さんの『旅人、川端康成の足音』に感銘を受けたばかりなのです。いくつかの指摘に頷きました。言葉についての《音の響きの中に記憶がある》と語られた声が耳に残っています。

編集長は、小池さんの『わたしたちはまだ、その場所を知らない』（河出書房新社）の一節を見せてくれました。『天景』が朗読される場面です。《四輪馬車》が《しりんばしゃ》と読まれます。

しかし最後まで聞いてみると、「しりん」と読んだほうが、ずっといい。いいどころか、それが、きっと正しいのだ。しずかに、きしれ、しりん、ばしゃ。ああ、しの音がたくさん、入っている。自分の音《おん》の読み違えが、詩の本質の読み違えほどにも思われて、坂口は心の奥がかあっと恥ずかしくなった。

力のある文章です。多くの読者が、これを最初に読んだら、その通りだと思うでしょう。しかし、『天景』を繰り返し読んでいた高校生のわたしが納得させられたかどうかは、疑問です。《しりん》というのは《しの音をたくさん》いれるために、不自然に力を入れた体のようだ——と思ったでしょう。

一番、気になるのは、こう語っている人の読み方です。

坂口は、「よんりんばしゃ」と読んでいたから、最初、妙な違和感があった。

と、書かれているのです。《よんりんばしゃ》と読んでいた人間が《しりんばしゃ》と読むのを聞いて、《ずっといい》といっても、それはそうだろう——と思うばかりです。

ここは《坂口は、「よりんばしゃ」と読んでいたから》であってほしいと思いました。

4

さて、状況を考えると多勢に無勢のようですが、衆寡《しゅうか》敵せずとは思いません。勝ち負けの問題ではないからです。ひとつの言葉についても、人の感性はさまざまに反応する。そこにこそ、読むことの妙味があると思います。

つき

1

本は、単に情報を乗せる器ではない。手に取り、慈《いつく》しむものだ。

生まれて初めて買ってもらった絵本『イソップ1』の、正方形に近い堅い表紙の感触は、今も指に残っている。そこに描かれた《つる》と《きつね》の表情も、懐《なつ》かしく浮かぶ。

美しい本を手にすると、心が躍る。あることから久しぶりに、書棚に眠っていた一冊を手にし、その喜びを感じた。

紙函《かみばこ》から抜き出すと、霧の向こうの建物のようだ。覆《おお》うパラフィン紙を霧をはらうように脱がすと、四角い姿が現れる。煙の持つ灰色味を帯びた青に、題簽《だいせん》のチョークブルーが窓のようだ。背表紙の部分は、白緑《びゃくろく》を混ぜた青だ。

題簽の金の文字がフランス語なので、これらの色の名も、ふと、かの国の言葉に移してみたくなる。試みに、フランスの色名帳を開くと、ブルー・オパラン、即《すなわ》ちオパールの青、ブルー・ポルスレーヌ、即ち磁器の青、ミヨゾテス、忘れな草の色などという語が並ぶ。その響きが、この本の著者にふさわしく思える。

誰の、何という本だったか。そのことを、これから語る。

さて、秋の終わり、冬の初めという頃、岡山に出掛けた。勝田《かつた》郡勝央町《しょうおうちょう》の勝央美術文学館が、芥川龍之介《あくたがわりゅうのすけ》と木村毅《き》についての特別展を開く。そこに招かれた。

岡山で新幹線を降り、津山線で津山、さらに姫新《きしん》線で勝間田《かつまだ》に向かう——という経路になる。初めての者には、乗り継ぎなどが、やや分かりにくい。有り難いことに担当の方が、岡山まで車で迎えに来てくださり、大変、助かった。

しかし、車で一時間半。自分の住んでいるところから、同じ距離の円を描けば、どれほど遠いか分かる。運転してくださった方は大変だった。御礼の申し上げようもない。

十一月の空は晴れ、光にくるまれた野の彩《いろど》りも目を楽しませてくれた。

これが、実は、青い本に向かう旅でもあったのだ。

2

――芥川龍之介と木村毅。

今の人には、芥川はともかく、木村の名は耳になじみがなかろう。その初めての耳にも《きむら・き》という読みは残るのではないか。普通は《つよし》か《たけし》だろう。しかし、この場合は《き》となる。

明治二十七年、現在の勝央町に生まれた。小説も書いているが、何よりもまず、驚くべき多読の人――という印象が強い。いや、人というより超人だ。

戦前は原書から知識を得たものだが、木村は、まるで空気を吸うように、すうすうと読んでしまう。その幅が実に広い。古今東西、何にでも目を通している。人触るれば人を斬《き》り、馬触るれば馬を斬る、といった勢いである。

こういう人だから、大正の末から始まる、いわゆる円本ブームの時、頼りにされた。文芸という野を、峠に立ったように見渡せる。そこで各社が文学全集を出す時、請《こ》われて、相談役になった。

新潮社から出た戦前の『世界文学全集』について、文章を書いた時、木村毅という名もあげた。勝央美術文学館から、問い合わせをいただいたのはその直後だった。

木村毅は、その著『小説研究十六講』を、若き松本清張《せいちょう》が寸暇を惜しんで読み、大いに参考にした――というエピソードで分かる通り、様々な形で続く者達に影響を与えた巨人である。その名を出した途端に、生まれ故郷からの連絡をいただいた。

――不思議な縁だ。

そう思ってお受けした。そこで改めて、

――岡山か……。

と、思った。忘れ物を拾えるような気が、して来たのだ。

テレビで、かつて『すずらん本屋堂』という番組をやっていた。その中に、岡山にある日本一の古書店に行く――という回があった。

万歩書店という。体育館ほどの広さに、書棚が果てしなく並んでいる。迷路めいている。背表紙を見ながら歩けば、たちまち一万歩になる。そういうお店だ。作家で古書収集家の北原尚彦《なおひこ》氏、そして『本の雑誌』編集長の浜本茂氏という、いずれ劣らぬ、この道のつわものがそこに出掛ける。

店内の映像を見ていると、前世を見るような気になった。

――ここ、行ったことある……。

本好きの、根拠なき妄想ではない。

思い返せば、はるか昔、岡山を訪ねた時、案内役になってくれた方が、

――こんなところがありますよ。

と、確かに連れて行ってくれた。

何の情報もないまま行ったので、感心するよりとまどった。どこまでも続く書棚の列が、異世界のようだった。

時間がそれほどなかったせいか、圧倒されるばかりだった。ただ文庫本の棚で、案内役の方に、

「これ、掘り出し物ですよ」

と、ある本を薦め、その方が、

――本当かな？

という表情をしつつ、レジに持って行った記憶がある。

番組によると、岡山は他にも輝くような古書店が多くあるという。

――ガンダーラのようなところではないか！

そういう一軒で、北原さんは、佐野洋《よう》から星新一への献辞のある本を見つけ、浜本さんは、昭和三十五年の雑誌『講談倶楽部《クラブ》』の付録、「流行歌即席余興おたのしみ大全集」を手に入れ、嬉《うれ》しそうな顔をしていた。

さらにお二人は、魚正《うおしょう》というお鮨屋《すしや》さんでお昼にする。

かつて、ここで吉行淳之介《よしゆきじゅんのすけ》が食べていると、遠藤周作が入って来た。

「東京でも、なかなか会えないのになあ」

と驚く二人。

要するにここは、味を求め、遠来の客の来る店だ。岡山というと桃太郎、桃太郎といえば背中に《日本一》の旗を立てていたのではないか。行けば、そんな旗があちらこちらに立っているような気がして来た。

――役目が果たせたら、帰りに岡山の街にも寄ってみたいな。

と、思った。

3

嬉しいことは、さらにあった。

当日の壇上に立つ人は、もう一人いた。芥川龍之介が住んでいたのは、東京の田端。その田端文士村記念館の方がいらして、芥川について語るという。

十年ひと昔という。それよりちょっと前、田端文士村記念館に行って、お話ししたことがある。その時、客席に、島内景二《けいじ》氏がいらしていた。『源氏物語』や和歌、短歌の研究で大きな足跡を残されている、あの島内氏である。師について書かれた『コレクション日本歌人選』の『塚本邦雄《つかもとくにお》』は、読むとはこういうことだ、と教えてくれる一冊だった。

話が終わった時、立ち上がりわざわざ側《そば》まで来てくださる方がいた。それが、島内氏だった。

名乗られてから、氏は——さあ、これから記憶のままに綴《つづ》ると、いい気になっているようで、まことに書きにくい。とにかく、

——発見があった、得るところがあった。

と、褒めてくださった。

——有り難いなあ。

と思った。印象は強い。だが、その時、自分が話の中心に置き、語ったことを、実はすっかり忘れてしまった。

——島内さんが、あれだけ褒めてくださったのだから、いいことをいったんだろうな。

と考え、そうなると、一日、外で遊んだ子供が、夕食の時、大事なものを落としていた——と気づいたように、寂しく口惜《くや》しい。

——一体全体、自分は何を話したのだろう。

芥川や田端という名を聞くと、ふと、そんな疑問が胸をよぎった。

今回、そこの方がいらっしゃるなら、

——あの時の録音、残っていないでしょうか？

返らぬ時を取り返すように、そう聞いてみたい。

4

もうひとつある。『カルメン』のことだ。『カルメン』といえば、プロスペル・メリメの小説であり、一般にはビゼーのオペラで知られる。

『ハムレット』や『ドン・キホーテ』は、ある人間像の典型になった。『カルメン』もそうだ。

秋月りす氏の『ＯＬ進化論』にも、確か、出て来た。四コマ漫画である。

あるＯＬについての話になり、

――彼女は職場で、カルメンと呼ばれているんだ。

――魔性の女？

落ちを書くのはルール違反と思うが、傑作シリーズ『ＯＬ進化論』の、見事さを示す一例として、お許しください、秋月さん。

最後のコマは、午後、机で居眠りをしているＯＬ。

――食後必ず昼寝《シエスタ》をするんだ。

この切れ味も、『カルメン』の像が、我々の脳裏に定着されていればこそだ。

そして、芥川龍之介に、これを踏まえた掌編小説「カルメン」がある。

ロシア・グランドオペラの公演が、帝劇で行われた。《僕》は、その花形であるイイナ・ブルスカアヤに夢中になっていた。『カルメン』が演目となった日、楽しみにして出掛けたが、幕が上がると、どうしたことか、ヒロインはイイナではない。幕間《まくあい》となった。落胆する《僕》に、Ｔ君がいう。

イイナが出ないのにはわけがある。彼女を追ってやって来た旧帝国の侯爵《こうしゃく》が、イイナがアメリカの商人の世話になっているのを知り絶望し、《ゆうべホテルの自分の部屋で首を縊《くく》つて死んじまつたんださうだ》。

　昨日の今日では、出ない筈《はず》だ。

　ところが、次の幕が開くと、正面のボックスに五六人の外国人が入つて来た。一番前に座り、悠々と孔雀《くじやく》の羽の扇を使い始めたのは、紛れもなくイイナ・ブルスカァヤその人ではないか。愉快そうに話す一団の中に、旦那《だんな》のアメリカ人もいるのだろう。

「イイナだね。」

「うん、イイナだ。」

《僕》らは、最後の幕が降りるまで、舞台よりも彼女を見ていた。

　数日後、あるレストランで共にテーブルを囲んだT君が、あの晩から、イイナは左の薬指に包帯をするようになった、という。

「イイナはあの晩ホテルへ帰ると、……」

「駄目だよ、君、それを飲んぢや。」

　僕はT君に注意した。薄い光のさしたグラスの中にはまだ小さい黄金虫《こがねむし》が一匹、仰向《あおむ》けになつてもがゐていた。T君は白葡萄酒《しろぶどうしゅ》を床へこぼし、妙な顔をしてつけ加へた。

「皿を壁へ叩《たた》きつけてね、その又欠片《かけら》をカスタネットの代りにしてね、指から血の出るのもかまはずにね、……」

「カルメンのやうに踊つたのかい？」

そこへ僕等の興奮とは全然つり合はない顔をした、頭の白い給仕が一人、静に鮭《さけ》の皿を運んで来た。……

5

芥川の作品は五十年以上前、中学時代によく読んだ。学校の帰りが一人になった時、肩掛けかばんから文庫本を取り出し、二宮金次郎よろしく、歩きながら読んだ。広い通りでは無理だ。しかし、田圃《たんぼ》の中を行くことも出来た。そうすれば、自動車とすれ違うこともない。読みながら来て、国道の方へ繋《つな》がる路地に入りかけたところで、「カルメン」の、この結びになった。

――うまいもんだなあ……。

と、舌を巻いた。

オペラ『カルメン』は、テレビで観《み》ていた。どちらかといえば、密輸業者の頭目ダンカイロとか、隊長スニガとか、メルセデスとフラスキータといった登場人物の名の響きに物語を感じ、嬉しがる子供だった。しかし、カルメンというのが、どういう女か分かっていた。だから、その光に照らされるように《仰向けになってもが》く男のみじめさも、よく分かった。最後の、老給仕の頭の白さと鮭のサーモンピンクの対比も鮮やかだった。

――お見事。

頭で作り上げられた作品だが、それだけに芥川の一面がよく出ている。

歩きながら読んだ中学生は、この芸に唸《うな》ったのである。

しかしながら、後年、夏堀正元《なつぼりまさもと》の『風来の人　小説・高田保《たもつ》』を読んでいたら、《イーナ・ブルスカァヤが宿泊中の帝国ホテルで、自分のあとを追ってきた昔の恋人のポーランド貴族を、誤ってピストルで射殺した》という一節に出くわし、あっと思った。

高田は、ロシア歌劇団最終公演の夜、イーナを見た。

不幸な殺人事件をひきおこしたイーナは出演しなかったが、思いがけなく帝劇の二階横のボックスに現われたのである。真紅のドレスを着て、純白の羽毛扇をもったイーナは、ふり仰ぐ日本人たちを見おろして、悠然と微笑していた。それは昔の恋人のこめかみをピストルで射《う》ち抜いたばかりの女とは、とてもみえないほどの落着いた、気品のある微笑であった。が、高田はこのときも、その微笑の蔭《かげ》に獣じみた欲情と、残酷なまでの傲慢《ごうまん》さを感じて、イーナ・ブルスカアヤという女の深い陰《いん》翳《えい》のある堂々とした存在感に圧倒されていた。

当時、評判になった事件であれば、他の誰かが書いていても不思議はない。しかし、旧ロシア帝国の侯爵と、ポーランド貴族というのはまだしも、――首を吊《つ》っての自殺と、射殺ではかなりの違いだ。

常識的に考えれば、『風来の人』には、元になった高田の文章があるのだろう。それは実体験を語ったものの筈だ。これに対し、芥川が書いたのは、事件に触発された創作だ。となれば事実がどうか、などというのは、やじ馬的な詮索《せんさく》になる。

しかしながら、やはり――気にはなる。

岩波書店の、新しい『芥川龍之介全集』を開き、「カルメン」の注解を見ると、ロシア革命後の《一九一九年帝国劇場の招待でロシア・グランドオペラの公演が実現》、それは《ロシア帝室歌劇座専属オペラ団》のことで、革命後《外国を巡業》、イイナ・ブルスカァヤはその《若手花形女優》だったと記されている。注はさらに、当時の読売新聞を引き、彼女を追って来たのは《露国青年》《帝国ホテルに止宿したウェシニーフスキー》であり、《失恋自殺》した――となっている。

こちらの方が、芥川作品に近い――と思いかけるが、その後にイイナは《同夜休場すべく噂《うわさ》されたるが、相変らず『ボリス・ゴドノフ』のマリイナに扮《ふん》し、その魅力ある艶麗《えんれい》の姿を舞台に現はしたり》とあり、ますます、わけが分からなくなる。

田端文士村記念館の方となれば、芥川の専門家だ。この乱れた糸のようなイイナ事件の謎《なぞ》に、快刀乱麻、答えを出してくれるのではないか。

6

お会いした時に何らかの回答がいただけるかも、と思っていたら、ちらりと疑問を出しただけで、その方、木口直子さんから、

――こういう文章があります。

という、ご返事が来た。教えてくださったのは、土方重巳《ひじかたしげみ》という人の「大正時代のロシア歌劇団　――イイナ・ブルスカヤをめぐる顛末《てんまつ》」という一文だ。『窓』（ナウカ）という雑誌に載ったものらしい。この件について、細かく調べている。

その内容は、驚くべきものだった。

芥川の「カルメン」は、高田保から聞いた話を元に作られた。高田《のはクチコミで伝った噂話》。帝国ホテルでの自殺は、一九一九年九月十四日。翌日のブルスカヤは《代役をたてて、自分は帝劇の楽屋》にいた。死んだロシア人は、貴族どころか《中年男の鉄道技師》で《ブルスカヤの恋人というわけでもな》く、ピストルを使ったのでも縊死《いし》でもない。《服毒のあげく聖路加病院にかつぎ込まれて息をひきとった》。

これが正しければ、ストーカー的なファンが毒をあおった――というだけになる。イイナが魅力的だったのは確かなようだから、頷《うなず》ける話だ。

この一行は、帝室歌劇団のメンバーと称した。破格の入場料を取りながら――いや、だからこそ、大入り大評判となった。

しかし、土方がモスクワの知人に調べてもらったところ、当時、《モスクワやレニングラードから日本に歌劇団が行くこと》はあり得ず、ウラジオあたりの歌手を集め、《権威づけるために》そう称したのではないか、という答えだった。

そうであっても、初めて歌劇らしい歌劇を観た、日本の観客の熱狂、感動は本物だった。イイナ・ブルスカァヤは、舞台に燦然《さんぜん》と輝いた。

「大正時代のロシア歌劇団　――イイナ・ブルスカヤをめぐる顚末」の語るところは、大道具の裏を見るように味気ない。簡単にこれが正しいともいえないが、味気ないだけにいかにも事実らしい。

だが「カルメン」は小説であり、小説の命は別にある。事実など軽く蹴飛《けと》ばしてしまう。

芥川は遺稿のひとつ「鵠沼《くげぬま》雑記」の中で、深夜、旅館の風呂《ふろ》に行く場面を書いている。

　彼是《かれこれ》午後の十一時だった。風呂場の流しには青年が一人、手拭《てぬぐい》を使わずに顔を洗っていた。それは毛を抜いた鶏のように痩《や》せ衰えた青年だった。僕は急に不快になり、僕の部屋へ引き返した。すると、僕の部屋の中に腹巻が一つぬいであった。僕は驚いて帯をといて見たら、やはり僕の腹巻だった。

分身を見るという鬼気迫る場面だが、実はこの時、芥川は一人ではなかった。一緒に風呂に向かった葛巻義敏《くずまきよしとし》は語る。

そこにいたのは実際には宿のおかみで、二人は談笑しながら部屋に帰った。すると、芥川のいた座布団《ざぶとん》の上に、立つ拍子に脱げた腹巻きが残っていた。そこで芥川は、わざと驚いたふりをした、という。

作家というのは、一筋縄ではいかない。こんな事実を越え、書きたい真実を書くものだ。

7

木口さんとも岡山駅で待ち合わせ、会場に向かう車の中で、あれこれ、お話し出来た。

田端文士村記念館で話した時の録音が残っていないか、うかがうと、

「あります、あります」

お若い方だったので、当然、その頃はまだ勤めていらっしゃらなかった。講演を、録音で聞いてくださっていた。

「コピーをいただけるでしょうか？」

「大丈夫です。すぐに送ります」

これは嬉しい。消えてしまった時を取り戻せる。

そして今の田端の記念館には、十年前にはなかったものがある。芥川家のジオラマだ。龍之介が、どういうところで作家活動をしていたのか如実《にょじつ》に分かる。門から庭から玄関、そして家の内部までが分かる。

「見て分かる展示というのはいいですよね」

というと、

「あれ、わたしが監修したんです」

驚いてしまった。

「二、三年前に、テレビで見ましたよ。あんな細かいものを……」

たまたま芥川を扱った番組にチャンネルを合わせたのだ。録画したまま、まだ消さずにある。うちに眠っている筈だ。帰ったら、確認しよう――と思った。

芥川には、庭で木登りをしている、有名な映像が残されている。それも、ジオラマ製作の、大きな助けになったろう。再現された小さな世界の中からは、まさにその木の上に立つ芥川のフィギュアが、こちらを見ていた。

「へええ」こういうものが出来たんだ――と思っていたら、何年か経《た》って、その製作者に会える。不思議ですね」

勝央美術文学館に着く。芥川から木村毅に宛《あ》てた手紙など、ここならではの展示を見せていただく。

日本近代文学館から特別展のために来たものの中では、菊池寛《かん》宛ての遺書に、特に目が行った。

菊池に頼むにふさわしい、実務的な連絡が淡々と並ぶのだが、最後の最後に耐え兼ねたように《あらゆる人々の赦《ゆる》さんことを請ひ、あらゆる人々を赦さんとするわが心中を忘るる勿《なか》れ》とある。自分とは冬と夏のように違って、強い心を持つ旧友に向かい、芥川は、その人らしく叫んでいた。

会場には、熱心な聴衆が詰め掛けていた。木口さんが先に、映像を駆使したお話をなさった。画面には例のジオラマも登場し、製作監修者ならではの興味深く、説得力ある解説があった。

後に続きとちらは、芥川の随筆や、人が彼について語った文章の断片を、いくつかご紹介した。「カルメン」についても触れたが、あれもこれもとなり、説明不足だった。木村毅のことも含め、散らばった断片が、皆さんの考える材料になってくれたらと願う。

木口さんは県内のご親戚《しんせき》のところにいらっしゃるというので、そこで別れた。

帰りは、担当の編集の方と一緒に、また岡山まで、車で送っていただいた。

長い道の途中で、運転席から声があった。

「月が綺麗《きれい》ですよ」

担当さんと、左手の窓から覗《のぞ》くと、黒い紙を切り抜いたような山並みの少し上に、見事過ぎるほどの満月が、煌々《こうこう》と輝いていた。

8

岡山駅前のホテルに一泊。朝食は七時半の予定だった。

昔から、旅先では早く目が覚める。五時には起き出し、朝風呂に入って汗を流したり、お茶をいれて飲んだりした。

六時を回った頃、ふとカーテンを開けた。冷えた硝子《ガラス》は、室内との温度差で汗をかいている。露を拭い、薄明るくなった外を見る。遠くの山並みが地平線を隠している。

その稜線《りょうせん》の間近にまで、月が降りて来ていた。

休むことを知らず一晩中、せっせと動いていたのだ。月の動きが、そのまま天空という大きな時計の、針のようだった。

それにしても欠けるところのない月が、昨夜は車の窓から見やすい位置に浮かび、今朝は目の前にある。幸運に恵まれ、特別の指定席を用意されたようだ。部屋の位置が反対側なら、こうは行かない。そして、

——あぶないところだった。

日は背後から昇る。地表こそまだ暗いものの、空は刻々と明るみを増して来る。紫の色を筆で横に引いたような雲の向こうで、すでに朝の月は、黄金の色を失っている。

——もう少し後なら、月が、光の中に溶けていた。

時計を見ると、六時五十三分。早朝の電話は失礼だが、メールならさしつかえないだろう。何より、

——すぐに、この時が失われてしまう。

という思いがあった。

担当さんにメールをした。

窓から銀の月が見えます。夜の間に、天頂まで行って、降りて来たのですね。

そちらの窓も、多分、方向は同じ筈だ。見た、という返事があった。案の定、それからすぐに、月の色はよく晴れた空の中に消えて行った。

間に合ったのだ。

運がいいといえば、もうひとつ。岡山の古書店を何軒も、短時間で覗くことなど無理な話だ。ところが、この旅の日が、市内のビルで開かれる古本まつりと、丁度重なった。岡山、倉敷の古書店が出店するという。願ったりかなったり、だ。

午前中は、そちらに向かう。

ホテルに荷物を預け、市電で向かった。見知らぬ街の中を電車で行くのは、新鮮で物語的だ。巨大なオープンセットの中を進むような気にもなる。

いくつ目かの停留所で降りると、会場のビルは目の前だった。一階の広い自由空間に、書棚が所狭しと並んでいる。

郷土玩具《がんぐ》なども置かれていて、楽しい。旅先の荷物になることを考えなければ、手を伸ばしていたろう。

本の種類も多種多様だ。お古いところでは大正十四年、早稲田大学出版部発行の『伯林《ベルリン》夜話』があった。小泉英一著、第一次世界大戦後のドイツの窮境が語られている。写真が何葉も載っているのがいい。

戦後の出版でも、おや、と思うものはある。テレビの『すずらん本屋堂』では、浜本さんが、雑誌の付録「流行歌即席余興おたのしみ大全集」を手にし、嬉しそうだった。同じ趣向の「おたのしみ『かくし芸』全集」を買った。文庫本のサイズで百十四ページ。こちらは雑誌『平凡』の付録。表紙は大川橋蔵である。

流行歌の他にも、長唄《ながうた》、清元、常磐津《ときわず》から小唄、端唄《はうた》。歌舞伎《かぶき》の声色から詩吟、講談、など盛りだくさんだ。昔の人は、こういうものを参考書にして、忘年会や新年会に臨んだのだ。

二十一世紀になり、企業の宴会自体すたれてしまった。今、こんな隠し芸を披露したら、若い人達に、異星人かと思われるだろう。時代の移り変わりが、よく分かる。

昼のお楽しみは、名店、魚正《うおしょう》の鮨。吉行淳之介が好んだという、ままかり、鮨飯をくるりとくるんだ焼きあなごなどを、ぬかりなく食べて、舌を喜ばせた。

午後は、時を返すように、かつて行った万歩書店に入る。昔、歩いたであろう通路を行く。右も左も本、本、本だ。まるで書物を積んで出来たピラミッドの、地下迷路を行くような気分になる。

ふと見ると、朝日文庫の三遊亭圓生《えんしょう》『江戸散歩』がある。上下二冊で揃《そろ》う本だ。奥付を見ると、昭和六十一年発行。それが何と五冊も並んでいる。この世では、なかなか見られない眺めだ。たいしたものだと思う。

――うちには一冊しかなかったな……。

だが、欠けているのが、上だったか下だったか分からない。

――帰ったら、確かめておこう。

縁があれば、どこかで出会う筈だ。

二階に上がると、ハーレクインの棚がどこまでも続いている。数千冊あるのではないか。気が遠くなりそうだ。

筑摩《ちくま》書房の古い『現代日本文学全集』の『月報合本』などを買い、明るい外に出た。

9

うちに帰ると、ゲラが来ていた。十月に行なわれた『本を読む・書く・作る』というイベントを原稿化したものだ。新潮社と文藝春秋の編集者の方をお招きし、こちらが司会役になって開いた鼎談会《ていだんかい》だ。

なかなか面白い会になった。こういうものを文章化する時は、圧縮した梗概《こうがい》になるのが普通だ。それが今回、かなり細かく起こされているので驚いた。

導入部をどうしたか、すっかり忘れていた。こう切り出していた。

――小沢昭一《しょういち》さんの対談集に、こんな話がありました。

『日々談笑』という本である。ちくま文庫。マイクを握ってしゃべっているので、原典と運びが少し違ってしまった。

――柳家小三治《こさんじ》さんと佐渡に行った。ふらりと入った鮨屋で、鰯《いわし》を頼んだら、びっくりするほどうまい。目を丸くしていると、土地のサラリーマンが来て、空いていた二人の間に座った。こんな店で、地元の人は何を頼むのかと思っていると……。

客席は引き付けられている。

――チャーハン。

あっと驚く。驚かない人はいないだろう。

――鮨も中華も出る店なんです。常識的に考えて、そんな店だったら味は駄目でしょう。ところが鮨がうまい。食べ終えたところで、ラーメンどうだろう……って話になる。食べてみると、これが絶品。まあ、そんな夢のような店があったそうです。ところで、出版社には、釣り専門とか短歌専門というところがある。ですが、今日おいでいただいたのは総合出版社のお二人、色々な本を出していらっしゃる。……

こう入っていた。

話すことは、その都度、消えて行く。それほど前のことではないのだが、このくだりをすっかり忘れていた。

思い出すと、あの時の雰囲気が懐かしくなる。

それにつけても、十年以上前、田端で何を話したのか。書棚を見、『江戸散歩』のないのは『下』の方だった――と確かめたりしながら、心待ちにしていると、木口さんからテープが届いた。

閉じた《時》の蓋《ふた》を開けるような思いで、早速、かけてみた。珍しく、講演の形で話していた。

芥川の見た夢の話などから、田端といえば、中井英夫《ひでお》もそこで育った。子どもの頃、芥川家に行ったこともあった。歩いて五分ほどの距離だった。年上の、芥川比呂志《ひろし》と遊んだ――となる。

そこから、中井英夫の、ある文章のことになる。テープの語るところを、以下に起こしてみる。

10

――中井先生の全集、手に入りやすいのが、東京創元社の創元ライブラリ。文庫版の全集ですが、読んでいると、あれっ、と気になるところがある。第九巻『月蝕《げっしょく》領崩壊』に、『ＬＡ　ＢＡＴＴＥＥ（ラ・バテエ）砂金を洗う木皿』というエッセイ集が収められている。中井先生は、その「4　二通の遺書」で、芥川に触れている。こう書いています。

　龍之介の死の直前の手配が、ルナアルの「日記」の一部のみごとな敷き写しであることもまた、私には滑稽《こっけい》というよりただうなだれる気持しかなかったが、

これを読むと、

――変だな。

と、思います。

そこで親本を見る。『ＬＡ　ＢＡＴＴＥＥ』。これ、ちゃんと持ってるんです。偉い

でしょ。本好きは、自慢したくなる。同じ所を見ると、そのままです。全集がおかしいんじゃない。親本からずっとこうなんですね。

今回、

——田端といえば、中井先生だな。

と思って、全集のあちこちを開きました。そこで、気がついたんです。親本を読んだ時はスルーしていたんですね。

少しくわしく、この「二通の遺書」の章を見て行きます。中井先生は本の表題、『ラ・バテエ』について語っている。

本来框《かまち》の意らしいが、二十年ほど前に辞書を繰っていて〝砂金を洗う木製の皿〟というもう一つの意味を見つけたときは嬉しかった。ゴールドラッシュに憑《つ》かれ、川べりで黙々と作業をくり返す男たちの淡い徒労が、そのままこの言葉の中で光っているように感じたからである。くる日もくる日も皿に掬《すく》って洗い流すうち、塊金《ナゲット》などは望むべくもないにしろ、ひょっとして小粒の結晶に恵まれることがあるかも知れない。それよりもいつかは木皿自体に砂金が沁《し》みつき、枕許《まくらもと》に置いて眠るときも夜光虫のように仄《ほの》かな光を放つことがあるとしたら。……

表題としたのはそのはかない望みのためだが、実をいえば使うのはこれが初めてではない。

その語を愛するがゆえに、《木皿》を何度か登場させた――と、自作を引き、

　こうして一つの言葉を、できるだけイメージを違《たが》えてといっても二度三度用いるということには、自分でもためらいと疑念を抱かざるを得ない。ましてそれが前に使ったのをけろり忘れて効果のほども弁《わきま》えずとなると、単なる自己模倣にもならぬ怠慢と誹《そし》られても仕方がないだろう。

　この問題に初めて関心を持ったのは戦前に芥川龍之介全集を再読三読していたときで、書簡集に収められた北海道旅行の葉書に誰彼かまわず〝ホッキ貝というものあり、いずこの宿の食膳《しょくぜん》にものぼる〟と書き送り、時に同じ俳句まで添えられているのを見ると、何となくこりゃいかんとこちらがうろたえる気持になった。むろん龍之介は自分の死後に片々たる葉書の類までかき集められ活字になるとは夢にも思わなかっただけだろうけれど、あれほど文章に神経を尖《とが》らせ研ぎ澄ますことを念じたひとがと思うとき、やはり心は痛んだ。

旅先から挨拶状《あいさつじょう》を何通も出すなら、似通って当然――とも思います。秋田に行ったら、きりたんぽうまかった、きりたんぽうまかった。普通の人なら、それですむ。芥川龍之介になると、葉書まで読み比べられてしまう。恐ろしいですね。

同じ文章の羅列を見て、うろたえ、心を痛めるところが、いかにも中井英夫です。創元ライブラリ版全集、この巻の帯には、中井先生の言葉が引かれています。

　小説は天帝に捧《ささ》げる果物、一行でも腐っていてはならない。

何をどう見るかは、その人を端的に語るものです。

それにしても、自己模倣――という問題は難しい。北原白秋の華々しい出発点『邪宗門秘曲』。《われは思ふ、末世の邪宗、切支丹《きりしたん》でうすの魔法。黒船の加比丹《かぴたん》を、紅毛の不可思議国を、色赤きびいどろを、匂《におい》鋭《と》きあんじやべいいる……》。高校時代、うっとりとしました。麻薬的です。覚えて、暗唱しました。

でも、入沢康夫《やすお》さんは『現代詩の鑑賞』（現代教養文庫）の中でいう。白秋は、こういう南蛮調の語句を後年、手まり唄に使っている。詩人なら、命がけで使った筈の言葉を、簡単に使い回していいものか。

正しいです。でも、

——きびしいなあ。

とも、思ってしまう。縁側でひなたぼっこする時、手まり唄が聞こえて来るのを許してほしい。甘いんですけどね。

入沢さんは《これを白秋の「豊かさ」と見るか「貧しさ」と見るかで、論ははっきり二つに分れる》といいます。まさに、その通りではあります。

さて、模倣——ということから、先程の文章に繋がる。《ルナアルの「日記」の一部のみごとな敷き写し》だ——となるのですが、いかがでしょう。

ジュール・ルナアルといえば、『にんじん』や『博物誌』で有名な作家です。

昔はよく読まれていた——と分かるのが、この本。三笠《みかさ》書房版の『現代世界文学全集』です。第一巻で、第一回配本が、『ルナアル』。一人一冊。昭和二十八年の本です。

全集の最初は、人気のある作家にするものです。ご覧の通り——といったところです。

この中に「晩年の日記」も収められている。

他に、こんな本もあります。東都書房から出た『ルナアルの言葉―日記のこぼれ―』。内藤濯《あろう》の編です。こちらは、ぐっと新しくなって、昭和四十四年の刊行。こういうものが編まれる作家でした。

『博物誌』の中の、

蝶《ちょう》

二つ折の恋文が、花の番地を捜している。

が有名ですが、日記の中にも、

虹《にじ》――百姓の凱旋門《がいせんもん》。

なんていう、いかにもその人らしい一行があったりする。意地悪くいえば、気がきいている。

芥川には、ルナアルぶりの作がある。「動物園」など、そっくりそのまま『博物誌』です。「家鴨《あひる》」という題で《子供が黒板へ白墨で悪戯《いたずら》に書いた算用数字。2、2、2、

2、2、2。》

一方、『博物誌』の「蟻《あり》」は《一匹一匹が、3という数字に似ている。3333333333……ああ、きりがない。》

こういう知的な作業が芥川の好みなのは、よく分かります。短く、気のきいたことをいう。寸鉄人を刺す。アフォリズム——箴言《しんげん》というのは、いかにも芥川的な表現形態で、それは即《すなわ》ちルナアル的といえます。

要するに小手先の真似《まね》ではなく、二人は本質的に似通っているんですね。

しかし、中井先生のいう《死の直前の手配が、ルナアルの「日記」の一部のみごとな敷き写し》というのは妙でしょう。自殺の前の準備がルナアル的——というのは納得出来ません。

これは、字をじっと見ていれば分かります。《配》が違うんですね。書かれた原稿を起こす時、《記》を《配》にしてしまった。《死の直前の手配》じゃなく《死の直前の手記》。これでないと、意味が通じない。

勿論《もちろん》、遺稿となった「或阿呆《あるあほう》の一生」のことでしょう。断章を積み重ねる形が、まさにルナアルです。

ふに落ちるでしょう。

しかしね、形式、内容を含めて、何かが何かに似るというのは、よくあることです。芥川の『追憶』の三十一に「答案」という文章がある。

確か小学校の二三年生の頃、僕等の先生は僕等の机に耳の青い藁半紙《わらばんし》を配り、それへ「可愛《かわい》いと思うもの」と「美しいと思うもの」とを書けと言った。僕は象を「可愛いと思うもの」にし、雲を「美しいと思うもの」にした。それは僕には真実だった。が、僕の答案は生憎《あいにく》先生には気に入らなかった。

「雲などはどこが美しい？　象も唯《ただ》大きいばかりじゃないか？」

先生はこうたしなめた後、僕の答案へ×印をつけた。

小学生の芥川は、深く傷ついたのですね。ここまで、はっきり覚えているのだから。

そこで、吉行三兄妹《きょうだい》。上が吉行淳之介、中が和子《かずこ》、そして末が理恵。淳之介と理恵は兄と妹で、共に芥川賞を取っています。

その吉行理恵に『記憶のなかに』という随筆集があります。昭和四十八年の本です。小学校での記憶が書かれています。

先生が質問します。

「上品な色とはどんな色ですか」

「灰色です」

私は答えます。

「へえ　灰色が上品な色ですかね　鼠《ねずみ》のからだの色ですよ」

と先生は巾《はば》の広い肩をすぼめます。すると、教室が笑いの箱に変わってしまいます。――ここから逃げだしてしまいたい、とおもいながら、私は唇を噛《か》んで、俯《うつむ》いています。

これも、恐《こわ》いですね。

先生の頭には、おそらく模範解答があった。《紫》といわせたかったのでしょう。別解は授業の宝といいます。別解が授業を豊かにする。確かにそうなんです。しかし、それを受け止める力を、全《すべ》ての先生が持っているわけではない。限られた時間の中で、終業のチャイムが鳴る前に模範解答にたどりつかないといけない。そう思った時、別の答えは切り捨てられます。

吉行理恵もまた、幼い心を切り裂かれたんですね。

繊細な心が、こういう形で傷つけられることは一昨日《おととい》もあり、昨日もあり、そして今日もある。これらの文章は、前例がある、とか、模倣だ、とかいえません。

同じく、芥川の『追憶』の四十四、「渾名《あだな》」を見てみましょう。

> あらゆる東京の中学生が教師につける渾名ほど刻薄に真実に迫るものはない。僕は生憎今日ではそれ等の渾名を忘れている。が、今から四五年前、僕の従姉《いとこ》の子供が一人、僕の家へ遊びに来た時、或中学の先生のことを「マッポンがどうして」などと話していた。僕は勿論「マッポン」とは何のことかと質問した。
>
> 「どう云《い》うことも何もありませんよ。唯その先生の顔を見ると、マッポンと云う気もちがするだけですよ。」
>
> 僕はそれから暫《しばら》くの後、この中学生と電車に乗り、偶然その先生の風丰《ふうぼう》に接した。すると、それは、――僕もやはり文章では到底真実を伝えることは出来ない。つまりそれは渾名通り、正に「マッポン」と云う感じだった。

これを読んで『徒然草《つれづれぐさ》』を連想する方もいる筈です。第六十段は、《真乗院に盛親《じょうしん》僧都《そうず》とて、やんごとなき智者《ちしゃ》ありけり》と始まります。

この僧都、ある法師を見て、しろうるりといふ名をつけたりけり。「とは何物ぞ」と、人の問ひければ、「さる物を我も知らず。若《も》しあらましかば、この僧の顔に似てん」とぞ言ひける。

二つの文章の間には、長い時が流れています。時を経て、書かれたのが芥川の『追憶』です。

芥川以外の人にまで範囲を広げれば、同じような発見はいくらでも出来るでしょう。歴史は繰り返すといいますが、まさにそういうものです。書いたものが似るというのは、いくらもあることです。

ただ、芥川とルナアルに関しては、別のことも感じます。ルナアルの代表作は『にんじん』です。そこからもうかがえますが、ルナアルのお母さんは、心に問題のある方だったようです。

晩年の日記などを読みますと、井戸に落ちて亡《な》くなったらしい。だが、その死因がよく分からない。

芥川はお母さんの精神の問題で、ずっと悩んでいました。自分もそうなるのでは、という恐怖を抱えていた。

そういうことを思うと、単に知的であるとか、アフォリズムを好んだとかいう次元を越えて、二人の運命的な親しさを感じます。

人が人に引かれる理由は様々です。表現者芥川は、より深く近いところに、ルナアルを感じていたのではないでしょうか。

11

この前や後にも、色々なことを話していた。レコーダーからこぼれる、自分の声に、

——こんなことを、いっていたんだ。

と思った。

聞き終えた後、すぐに書庫に向かったのは、一冊の本——中井英夫の『ＬＡ　ＢＡＴＴＥＥ（ラ・バテエ）　砂金を洗う木皿』を、手に取るためだ。

並ぶ背表紙を目で追って行くと、あったあった。箱入りの、いかにも中井らしい本だ。建石修志《たていししゅうじ》の装幀《そうてい》・挿画である。

水色の栞《しおり》を持つこの青い本を開くのも、まことに、しばらくぶりだ。

記憶が蘇《よみがえ》る。十年も前、

——芥川について田端で話す。中井先生も田端の人だった。確か、芥川について書いていた。

そう思って、再読したのだった。芥川のことに神経が集中したから、見逃していた一字の誤植——《配》に気づけた。

そんな発見を、もうすっかり忘れていた。

一字を出発点として、あの頃、頭の中で芥川とルナアルを巡る、小さな旅をしたのだ。

時の流れの中で、人は様々なものを木皿に入れては、また取り落とす。そんなかけらのひとつを拾い直せた。

いろいろなものが移り変わる。残るものも残らないものもある。

桑畑も時が経てば海となる——という。中学校の帰り道、「カルメン」の結びに素直に舌を巻いた曲がり角の辺りは、一面の田圃だった。今はそこに住宅が広がる。昔の面影は全くない。だがかつて、確かにそこを、文庫本に読み耽《ふけ》りながら歩く一人の中学生がいた。

そう思うと、流れる時のそれぞれの場所に無数の自分がいて、それぞれ思いを抱き、暮らしているような、不思議な気になる。

　カセットテープをケースにしまったところで、思い出した。

　──芥川家のジオラマ……。

　それの登場するテレビ番組が、まだハードディスクに残っている筈《はず》だ。三年ほど前、ＤＶＤプレーヤーを買い替えた頃に、観たのだ。リモコンを向け、録画一覧を探して行く。

　みつかった。だが、再生して驚いた。番組の中で、芥川の旧居やゆかりの店を案内しているのは、岡山でご一緒した木口さん、その人だった。ジオラマの前に立ち、説明しているのも木口さんだ。

　──会っていたんだ……。

　テレビの画面を通し、三年前、すでにその人を見ている自分がいた。

12

　打ち合わせがあり、地下鉄神楽坂《かぐらざか》駅前のラカグに行った。岡山でお世話になった担当さんに会う。

地下鉄出口の目の前だ。アスレチックのような、木の段々を上って行く。手前に桐《きり》の木があり、向こうに山桜が枝を伸ばしている。今年は季節が移りかけても、なかなか寒くならない。木々の背景は、よく晴れた空だ。

ラカグにはファッションや本のお店などがあり、入ってすぐのところが喫茶店になっている。

段々に、金茶色の桜の葉が散っている。裏返った葉の半分が蘇芳色《すおういろ》に染まっている。夕焼けには早いのに、そうなった時の西の空のかけらがこぼれ落ちたようだ。

中に入ると、担当さんが待っていた。外の葉の色に明るみを加えた、茜色《あかねいろ》のセーターだった。

「クリスマスカラーです」

視線の行った先を見ると、早くもツリーが飾られている。

「そうか、もう十二月ですね」

担当さんの胸元にも、銀のツリーのブローチが輝いている。

そろそろ、また年を重ねる。

座ると、

「飲み物も、シーズンに合わせて、ホワイトチョコレートドリンクがあるんです」

「へええ」

「でも、残念ながら売り切れです。いつものチョコレートドリンクならあります」

「じゃあ、それにしましょう」

　いかにも温まりそうだ。

「わたしはガーワ」

「何です、それ？」

「アフリカ式コーヒーです」

　難しい。想像がつかない。

「そうだ。勝央町《しょうおうちょう》から、問い合わせがありました。この間の写真をSNSにアップしてもよろしいでしょうか――という……」

「勿論、オッケーですよ。行き帰り、合わせて三時間も、車のお世話になりました。少しでも、お役に立てれば嬉《うれ》しい」

　ここでは、注文の品を取りに行く。担当さんが立ち、やがて、白いカップが二つ並んだトレーを持って来てくれた。

　ガーワの色も、こちらと似ていた。それぞれ、カップを取る。

「あ……、そういえば、運転してくださった文学館の方によると」

と、担当さんはいった。カップの中に浮かぶ、チョコレートの正円を見ていた時だ。

「――あの時、車から見たのは、藤原道長の《もちづき》の歌から、丁度、千年目の満月だったそうです」

一瞬、感じたのは、ふわりと、透明な流れに浮かんだような、不思議な浮遊感だった。

ゆめ

1

半年ほど前になる。秋に別れを告げる頃の、気持ちのいい午後だった。日本最大といわれる古書店に入った。岡山にある万歩書店である。

外は晴天とはいえ、巨大な体育館のような、そこに鍾乳洞《しょうにゅうどう》をめぐらしたような建物の中にいては、はるかに高い澄み切った空など想像も出来ない。視界を覆《おお》うのは本、本、本だった。

江戸川乱歩の少年物に出て来る暗号の《ゆんでゆんでとすすむべし》を、ふと思い出す。左へ左へと行け——ということだが、そういう指針でもないと迷いそうだ。

何冊か本を買ったが、実はそこで、同行の担当編集の方もまた、ある発見をしていた。

途中で姿を消したのだが、鍾乳洞の思いがけない方向から姿を現し、手にした一冊を見せてくれた。ポプラ社の『アルセーヌ＝ルパン全集』だ。しかし、昔、小学校の図書室にあったものとは違う。世代が違うのだから、当然だ。

担当さんは、

「これです、これですよ。わたしが読んだのは！」

「ははあ」

そうですか、と思うだけで、なぜ、わざわざ見せに来たのか分からない。担当さんは、その後ろにある全巻案内のページを開き、

「ほら。――『恐怖の島』」

「あ……」

「あるでしょう、本当に」

両側が塀の路地での立ち話のように、書棚に挟まれながら、こんなやり取りになった。

しばらく前のことになる。子供の頃に読んで忘れ難い本――という話題になった時、

担当さんが、『恐怖の島』といったのだ。記憶の砂を掘るように語られる物語を聞き、

即座に、

「そりゃあ、『三十棺桶島《かんおけじま》』でしょう」

と、応じた。自信満々である。

何となればそれは、こちらにも忘れ難い一冊だったからだ。おそらくは小学生の夏、借りて来たポプラ社の本の巻末に、刊行予告が載っていた。

――『三十棺桶島』

何という禍々《まがまが》しい書名だろう。そこで語られる物語は、はたしてどのようなものか？　強く引き付けられたが残念、図書館の書棚には、それがなかった。

――学校に置いてはいけないのか。問題があるのだろうか？

と勘ぐれば、ますます心を引かれる。小さな町の本屋に、そんな本は置いていない。

だからといって、親に、

「取り寄せてもらって、――『三十棺桶島』」

とは、いい出しにくい。『飛ぶ教室』や『愛の一家』とは違う。

中学生になり、新潮文庫で出ていた堀口大學《だいがく》訳「ルパン傑作集」シリーズ、九冊を買い、『８１３』や『奇岩城』を読みなおした。しかし、残念、十冊目の『棺桶島』

が刊行されたのは、この後だった。それが出る頃には、もうルブランから離れていた。いってみれば、後の祭り。

以降、『三十棺桶島』は、読まれざる不吉な書として記憶に残った。そのことにより、闇《やみ》は広がったといっていい。かなり経《た》ってから、目を通しはしたが、

――子供の頃、読んだら記憶に刻まれたろう。

と、思うにとどまった。

2

幼い心は柔らかい。

恐怖は深く食い入り、残る。児童文学全集で読んだ南方の民話に、やしの実に閉じ込められてしまう子供の話があった。これが、たまらなく恐《こわ》かった。

布団《ふとん》の中に身を埋《うず》める安息感の一方に、閉所恐怖というのは人間の持つ原初的な感情のひとつだろう。

『小川洋子の偏愛短篇箱』は魅力的なアンソロジーだ。中でも、乱歩の「押絵と旅する男」に寄せられた解説エッセイ「押絵と機関車トーマス」は、一読忘れ難い。

そこには、こう書かれている。小川さんの息子さんは《テレビにトーマスが映り、目玉をキョロッと動かすだけで、「ママ、テレビ消して」と泣きながら叫んだ》と。それから押絵の話になる。羽子板の顔のふくらみ。《そこに指先を埋めてみたいような誘惑にかられる。本当はそんなところに押し付けられたくはなかったのに、何かの手違いで逃れられなくなってしまったのではないだろうか、などと同情してみたりする》。エッセイの最後は《息子はトーマスが発する絶望の信号を感じ取っていたに違いない》。

《機関車トーマス》は、手があり足があるような存在ではない。顔だけが、前面に付いている。乱歩作品でいえば、『芋虫』に通じる恐怖を感じても不思議ではない。

子供の頃、絵の中に入った男の漫画を読んだ。おそらくは「押絵と旅する男」が元になっていたのだろう。身動きならぬその境遇が、やしの実に閉じ込められた子供の運命のようで、胸が悪くなるほど恐ろしかった。

顔だけ人間の《トーマス》に戦慄《せんりつ》するのは、これに類する思いからではないか。決して、特別なことではないだろう。

戸《と》板康二《いたやすじ》の、昔は広く知られたシリーズの一冊に『最後のちょっといい話　人物柱ごよみ』がある。随分、前の本だが、中にこんな数行があった。

画家が子供たちの前で、お化けの絵を描いてあげようといって、一つ目小僧だの、大入道だの、ろくろ首だのを画用紙にスラスラ描くと、面白がって笑うばかりで、一向張り合いがない。そこで出たら目に「汽車の化け物だ」といって、昔の機関車の正面に大目玉とむき出した歯をつけ、うしろに長い列車をうねうねと描いて見せたら、子供たちは青ざめて、おびえたという。

柔らかく繊細な心には、目からの恐怖がそのまま届く。ある程度の年齢になってしまうと、擬人化という約束事に慣れる。心よりも頭が働き、恐怖より先に、了解するようになってしまうのではないか。

子供にとって、視覚から来る印象は強いだろう。担当さんは、『恐怖の島』の挿絵が心に残っているといっていた。

だが、こちらは、そういう本があるとは思わなかった。一応、現代の人間ではあるから、話を聞いた時、パソコンで、

――ルパン　恐怖の島

と、検索してみた。しかし、引っ掛からなかった。

そこで簡単に結論を出した。児童向けの本だった、というなら、

——そりゃあ、『三十棺桶島』ですよ。

と答えて、すませていた。

担当さんは、その思い出の本に繋《つな》がる道を、自ら見つけたのだ。

3

担当さんとは、子供だった頃が一回りずれる。ポプラ社のルパン本——といっても、別のものになる。

昭和四十年代に出た『アルセーヌ＝ルパン全集』巻末のリストを見ると、こちらが読んだものとは食い違う。

『怪奇な古屋敷』というのは、ひょっとしたら『怪屋』のことだろうか。手《て》塚治虫《づかおさむ》が自作の登場人物名にもした、懐《なつ》かしい書名『金三角』が『黄金の三角形』になっている。何とも味気ない。

これなら、『三十棺桶島』という、曇り空から、おどろおどろと降りて来るような響きが、個性と色合いを失い、どこにでもあるような『恐怖の島』になっても仕方が

ない。

不明を恥じつつ、担当さんに敗北宣言をした。

「すみません。お探しの本、確かにありましたね」

岡山県に出掛けたのは、勝田郡勝央町《しょうおうちょう》に生まれた驚くべき多読多才の人、木村毅《き》にかかわる仕事があったからだ。

帰ってからも、そのことを始めとして、幾つか書かねばならない原稿があった。余裕が出来た時には風も変わり、十二月半ばを過ぎていた。

ひと息ついて、思った。

「お詫《わ》びのしるしに、あの本を探さなくては……」

子供の本というのは、古書店を探しても簡単には見つからない。処分されることが多く、なかなか出て来ないものだ。

こういう時に有り難いのが、図書館。市立クラスだと新しい本が入ると、前の資料が廃棄されたりする。保管場所に限りがあるからやむを得ない。しかし、全《すべ》ての図書館がそんなことをしたら、調べ物など出来なくなる。その点、我が埼玉県立図書館は信頼出来る。書庫がしっかり、本の歴史を支えている。検索すると、あっけなく問題の本が出て来た。あまりに簡単なので、申し訳ない。

——最初から、こうしていれば……。

出掛けて行って、借りて来た。担当さんは挿絵について、

——白い服の女の人が、十字架の並ぶ墓場にいたような気がする。

と、語っていた。しかし、それに当てはまる場面はなかった。木立の間に女が立ち、足元に子供が倒れている絵が、やや近い。しかし、記憶というのは、後から簡単に塗り替えられるものだ。目撃者が絶対に確かだという証言も、恐ろしいことだが、当てにならない。ましてや、読んだ本の絵や内容、観《み》た映画の場面が、修正されることなど、いくらでもある。

自分が最近、経験した例をあげれば、名作、フェデリコ・フェリーニの『道』。そのラストシーン。野卑な男を演じるアンソニー・クインが夜の砂浜に倒れ、時の向こうに流れ去ったものを思い、号泣する。記憶の中の彼は、絞り出すような声で、

「ジェルソミーナ……ジェルソミーナ」

と叫んでいた。確かにこの耳が、それを聞いた。

テレビ放映されたのを見返し、最後まで来て、

——さあ、いよいよだぞ！

と思って……驚いた。

アンソニー・クインは、そんなことをいわない。それはそうだ。口に出したら台なしである。叫ぶのは画面なのだ。

事実はかくのごとく、脳内に受け止められ、その人の理解したように改変される。

などと思いながら、『恐怖の島』の「はじめに」という文章を読んだら、こう書いてあった。

この物語はL’île《リール》 aux《オウ》 trente《トラント》 cercueils《セルキュイユ》（三十棺桶島）の第二部 La《ラ》 pierre《ピエール》 miraculeuse《ミラキュリューズ》（神秘の石）である。

——第二部!?

前の巻、『悪魔のサイン』が第一部ということだ。

——してやられた……。

半分しか、借りて来なかったことになる。翌日、また県立図書館に行き、二つひと組の宝の鍵《かぎ》を並べるように、二冊揃《そろ》えることが出来た。前半には、担当さんの言葉に、より近い挿絵が載っていた。

図書館の本だから、無論、差し上げることは出来ない。だが取り敢《あ》えず、見せてはあげられる。経過を報告し、喫茶店で会うことにした。

「二冊だったんですよ」

担当さんは、感慨深げに手に取った。

「本当だ。いつの間にか、頭の中でまとめて、一冊にしてしまったんですね」

「いくつぐらいで、読んだんです」

「小学校の……六年ぐらいでしょうか。父に買ってもらいました」

『三十棺桶島』でも、すんなりお願い出来ただろうか。それを思えば、改題も役に立ったわけだ。

「他にはどんな本を？」

「……『次郎物語』とか『友情』とか」

肌触りが、かなり違う。担当さんは、続けて、

「……その頃は、父に連れられて本屋に行き、好きな本を買ってもらいました。帰り道にチョコレート・パフェを食べました」

うらやましい。一回り違って、住むところが違って、女の子だと、そういういいことがあるのだ。

思い返して、

「わたしが中学生の頃、父が突然、《レコードを買ってやろう》といい出したことがあります。夕方でした。土曜だったのかなあ。一緒に歩いて駅通りに行きました。『未完成』と『新世界』が、一枚に入ってるＬＰを選びました。お得感があったんですね。川沿いの道を並んで帰りました。……真っ暗だったから、冬だったんですね。街灯なんか、まだない頃でした。チョコレート・パフェは食べられなかったけれど、幸せでしたね。……そのＬＰの指揮者が、ゲンナジー・ロジェストヴェンスキーという名前だったのを、いまだに覚えています」

　後になって、日露戦争の時、バルチック艦隊を率いて来た提督の名もまた、ロジェストヴェンスキーだと知ったのが記憶を補強してくれた。

4

　物語の女主人公は映画館に行き、フランス北西部ブルターニュ地方の風景を見る。かつて行ったことのない土地だ。スクリーンに、ある家の扉が映り、流れ去った。

　——あ……。

と、思う。そこに、変わったサインが記されていた。それは、自分が少女時代に考え、使っていた、誰も真似《まね》しようのない独特なものだった。

あまりの不思議さに、彼女は、少女時代を訪ねるようにブルターニュを訪れる。

「これを読んだ頃、何故《なぜ》だか、うちに大学生が居候《いそうろう》していたんです。その人がルネ・マグリットの画集を見せてくれました。……二つの不思議な雰囲気が重なって、何というか、吸引力がありましたね」

担当さんは、高校生になって、西脇順三郎《にしわきじゅんざぶろう》の詩集を開く。そのページに、こんな詩句を見た。

眼

白い波が頭《あたま》へとびかかってくる七月に
南方の綺麗《きれい》な町をすぎる
静かな庭が旅人のために眠っている
薔薇《ばら》に砂に水
薔薇に霞《かす》む心
石に刻まれた髪

石に刻まれた音
石に刻まれた眼《め》は永遠に開《ひら》く

大人になれば、五、六年前など、ついこの間だ。しかし高校生にとって、ランドセルを背負っていた日々は、はるか昔になる。記憶の向こうに朧《おぼろ》に見える不思議な本は、この言葉にも重なったそうだ。

さらに時は流れた。担当さんはイタリアを旅し、ヴェネツィアのサン・ミケーレという島を訪れた。そこで、明るい日差しを受け、眼前に広がる墓石の列を前にした時、ふっと気の遠くなるような既視感を覚えたという。

指揮者ロジェストヴェンスキーとバルチック艦隊の提督――とは、全く違う。しかし、新たな経験の波がひたひたと寄せては、遠い思い出を洗う。

5

岡山に生まれた木村毅《き》には、これが一人の仕事かと思うほど、さまざまな種類、圧倒的な量の著書がある。

その仕事を締めくくるのが、昭和五十四年、講談社から出た『座談集　明治の春秋』。松本清張との対談から始まるこの本の、最後に置かれた《多彩な活動の七十年―創作・出版企画・明治文化研究など―》は、木村毅入門に好適だ。

「巻末余筆」は《私は本年八十五歳の老人で、著書は本書巻末の表の通り二百五十冊をこえるだろう》と始まり、《昭和五十四年九月十三日　晴天　大橋病院の東病棟で、退院の日の数日に迫ってくるのを、心待ちにしつつ》と終わる。

続く編集部の言葉《＊著者木村毅氏は、昭和五十四年九月十八日、本書巻末余筆を絶筆に、御逝去《ごせいきょ》なさいました。ここに御冥福《ごめいふく》をお祈りいたします》が胸に迫る。

対談、座談というのは、後でまとめられることが少ない。まことに貴重な一冊だが、実はここに収められていなくて、知ると読みたくなるのが、雑誌『宝石』昭和二十九年五月号に載った「黒岩涙香《るいこう》を偲《しの》ぶ座談会」だ。

涙香は、新聞『万朝報《よろずちょうほう》』を創刊し、そこに連載された『巌窟王《がんくつおう》』『噫無情《ああむじょう》』など独自の翻訳で多くの読者を獲得し、日本出版史上に大きな足跡を残した。没後三十三周年にあたって、この座談会が開かれた。

これについては、江戸川乱歩が『探偵小説四十年』の中で語っている。涙香通の木村や涙香を知る人を集め、語り合った《二十頁《ページ》にわたる長いもの》だといっている。

ここで面白いのは、やはり涙香に近かった人達の言葉である。木村毅は、集まりの主役ではない。となれば、『明治の春秋』に、これが入らないのも納得出来る。

しかし何より、わくわくするのは江戸川乱歩と木村毅という二人の巨人が、同じ席にいるということ、そのものなのだ。

木村は、筑摩書房の『明治文学全集』第四十七巻『黒岩涙香集』の編者となり、解題で、作品について語っている。――手に入る限りの涙香本を買い漁《あさ》り、第一次世界大戦に徴兵された戦地でも未見の一冊を求め、また神保町《じんぼうちょう》の一誠堂で、まさに涙香が翻訳に使った、書き込みのある原書、シーサイド・ライブラリーやラヴェル・ライブラリーの山を丸ごと買い込み狂喜し、《大正時代、涙香ブームを作りだしたのは、私と平林初之《はつの》輔《すけ》と柳田泉の三人だ》という。

そんな木村と比べても、涙香世界への溺《おぼ》れぶりに関しては、乱歩の方が、よりどっぷりという感じがする。

何故か。

木村毅が、涙香ファンとなったのは《大学部の二年のとき》だった。同じことだが、『黒岩涙香集』より手に入りにくい『宝石』における座談会の言葉を引くと、追試験をうけなければならないことになつて夏休みに田舎に帰らなかつたんだ。そうしたら夏休みの間中、東京で暮さなければならない。こんな面白くないことはないね。それで鵜崎鷺城《うざきろじょう》という人物評論を書く人のお妾《めかけ》さんのうちが僕のそばにあつて、そこにいろんな本がある。そこからいろいろ借りて読んだが、もう読む本がなくなつちやつて、最後に書棚から借りてきたのが涙香の「何者」という本で、「ちよぎれ真つ二つ」という奴《やつ》が出てくる奴ね、それを読んだら非常に面白い、その夏の間に涙香ものを大方読んだよ。

他の本を読み尽くし、いわば仕方なしに手に取ったのが涙香だった——というのが、いかにも大学生らしい。

編者としての木村が『黒岩涙香集』に採った翻訳小説は『鉄仮面』と『片手美人』。『鉄仮面』については考証も書き、物語当時の世相に深い興味を持っている。そこに登場する新聞については、《大学で、ジャーナリズム発達史を講ずるとき、よくこれを例にひいて話したものだ》という。大人の読み方だ。

これに対し、乱歩はどうか。

高校の頃の愛読書のひとつが、乱歩の『探偵小説三十年』だった。昭和八年までが語られる。神保町で買った。『四十年』ではない。そちらは、まだ、手に入らなかったのだ。繰り返し読んだこの本の初めの方に、こう書かれていた。
中学に入って間もなく、『巌窟王』（『モンテ・クリスト伯』ですね）、『噫無情』（『レ・ミゼラブル』です）を読み、無論、面白かった。しかし、それらをはるかに越える印象を残した作があった。忘れ難い部分だ。やや長くなるが、途中を略さずに引こう。

　中学一年の夏休み、母方の祖母が熱海《あたみ》温泉へ保養に行つていて、私を誘つてくれたので、私は生れて初めての長い独り旅をして、熱海へ出かけて行つた。丹那《たんな》トンネルの開通したのはズツと後の事だから、小田原あたりから先は、まだ軽便鉄道の時代で、煙突だけが馬《ば》鹿《か》にデッカク飛び出した、おもちやのような機関車が物珍らしかつた。今の熱海に比べては、まるで田舎温泉であつたが、そこで湯に入つたり、海へ泳ぎに行つたり、素人《しろうと》写真を撮《うつ》したりして、一カ月ばかりを暮らした。ある雨の日の退屈まぎれに、熱海にも数軒あつた貸本屋の一軒から、菊判三冊本の「幽霊塔」を借り出して来て読みはじめたが、その怖さと面白さに憑《つ》かれたようになつてしまつて、雨がはれても海へ行くどころではなく、部屋に寝ころんだまま二日間、食事の時間も惜しんで読みふけつた。そして、熱海から帰つて来て、一番深く残つていた感銘は何かと考えて見ると、温泉でもなく、海でもなく、軽便鉄道でもなく、新鮮な魚類などではさらさらなく、熱海へ行かなくても読み得たであろう「幽霊塔」の、お話の世界の面白さであつた。

没頭ぶりが、生き生きと伝わる。

小さい時の家には、風呂《ふろ》がなかった。町の銭湯に行った。母が抱いて女湯に入れてくれた頃だから、せいぜい三、四歳だったろう。湯船にしゃがんでいる母に、隣のおばさんが話しかけた。

「もう、足が立つんじゃない？」

それを受けて母が、脇《わき》に手を入れ、湯の中に差し出した。足先が下に届かず湯を搔《か》いた。全身を揺らし、大声で叫んだ。前後はなく、その場面だけを今も鮮やかに覚えている。言葉になるような感情ではなかった。とにかく、心の底から怖かった。大人からすれば笑い話でも、子供にとっては違う。まさに、死ぬかと思うのだ。

本でもそうだ。その中の闇は、大人が感じるよりもはるかに切実に、そこにあるかのように身を押し包む。乱歩は——いや、平井太郎少年は物語の海に沈んだのだ。頭で、というより、どくどくと脈打つ心臓で、黒岩涙香を読んだのだ。

木村毅が『鉄仮面』に感じた面白さと、江戸川乱歩が『幽霊塔』に感じたそれとは、明らかに質が違う、色合いが違う。

乱歩は、文章をこう結んでいる。


私は少年の頃からすでに、現実の歓楽よりは、架空の世界に生甲斐《いきがい》を感じる性格であつた。


乱歩が色紙を頼まれた時、好んで書いた言葉が「うつし世は夢、よるの夢こそまこと」である。

木村は涙香の姿を昼間に見、乱歩は、夜の道で出会った——といってもいい。

6

乱歩の子が、立教大学社会学部長を務めた平井隆太郎である。

大正生まれの隆太郎は、少年の日々、幼い目で父乱歩を見ていた。

ところで、一九九〇年代、雑誌『オール讀物』に「想《おも》い出《で》の作家たち」という聞書きのシリーズが掲載された。身近にいた人達が、亡《な》き作家について語る。後に、二冊の単行本になり、さらに十三人分が文庫化された。

こういう形で、エピソードが残るのは有り難い。例えば、文庫に入らなかった、寺山修司を語る、元夫人九條《くじょう》今日子の言葉。

　外国に行くと寺山は必ず、泊ったホテルの「Don’t disturb」というドアの把手《とって》にぶらさげる札を持って帰るんです。世界中のホテルのそれが、大きいダンボール箱にいっぱいつまっています。レストランのスプーンなんかを持ち帰ると叱《しか》られるんですけれど、あの札は自分の部屋にあるものなら、堂々と持って帰ってもいいようなんです。イラン語で書かれたものまであります（笑）。

これらの札が箱につめられず、自己主張しているところを見たい。世界各国、さまざまな文字、デザインの《邪魔しないで下》が、そこら中に下がり、置かれている部屋。――それこそいかにも寺山の舞台、映画の一場面ではないか。中には、眠りに沈む閉じた目が、大きく描かれた一枚もある。そういう妄想を誘う。

あの札が《堂々と持って帰ってもいい》ものかどうか、それには責任が持てない。

だが、この証言は、寺山という人間像を写す一枚のスナップとして魅力的だ。

そして、そういう身近な人の語る映像のひとつが、平井隆太郎語るところの父の姿、より細かくいえば、頭なのだ。

7

隆太郎は、大正十年二月の生まれ。

その頃、後の江戸川乱歩は妻子を大阪府守口町の父の家に預け、東京に出ていた。妻が病に倒れたため、大正十一年に引きあげている。迷いの時期である。

隆太郎は『乱歩の軌跡　父の貼雑帖《はりまぜちょう》から』中に、大正十年に書かれた暑中見舞状を引く。《一生の大事業を計画して見たり、三十になるやならずで死ぬかもしれぬ身をはかなんだりして幾年月を過し候へ共》とある。これに対し、

「三十になるやならず云々《うんぬん》」は父の口癖であった。三十になるまでに死ぬつもりだったとは後年よく聞かされたものである。病気で死ぬのか自殺するのかはアイマイ

であったが、どうやら才子薄命に引っ掛けた冗談でもあったらしい。

と、いっている。

現在でも、先々の見通しまで立てている若者は少ないだろう。それはそれとして《三十になるやならずで死ぬ》は、戦前の人なら、まず誰でも知っていた慣用句だ。忠臣蔵七段目、おかるの言葉、《勘平さんは三十になるやならずに死ぬるとは、さぞ悲しかろ、口惜《くや》しかろ》だ。今でいえば、紅白歌合戦に何十年も続けて登場する歌の文句のようなものである。口をついて出てもおかしくはない。

大正十二年三月、乱歩の処女作「二銭銅貨」が『新青年』に載る。その年、六月、一家は守口町にある、乱歩の父の家を出、近くの門真《かどま》村に移る。《二歳半の筆者には随分と広い家に見えたものである》と、隆太郎はいう。

さらに大正十三年四月には、そこを出て、守口町の借家に移り、九月に元いた同町の家に戻る。隆太郎は、ここに《満五歳頃まで住んでいたので比較的よく憶《おぼ》えている》という。乱歩は、空き家であった隣の二階も借り、執筆に使っていたようだ。

さて、前記の聞書き「想い出の作家たち　江戸川乱歩」の中に、忘れ難い一節がある。隆太郎はいう。

私は大阪の守口で生まれたのですけれど、その家もまだ残っています。（中略）守口の家の一階から二階へ上がる階段は、その下が物入れや押入れになっていました。三角形の空間です。あるとき、何気なくその押入れの戸をあけたら、親父《おやじ》が中でうしろ向きの姿勢でうずくまってるんですね。当時から頭がはげていたので、すぐに親父だと分かりました。「あっ、何だ!?」と思ってすぐ閉めて、胸をドキドキさせながら、おふくろのところへ駆けて行って「あそこにお父さんがいたよ」と言ったのですが、母は「そんなバカなこと、あるわけないよ」と全然とりあってくれない。妙な気持になってしばらくしておそるおそる近づいて、そっと押入れをあけてみると、もういませんでした。あんな狭いヘンなところに、よその人が入るわけはないし、親父は中で何か考えごとをしていたのかもしれません。もっとも、これはぼくだけの記憶で、後年、母親に何度その話をしても「そんなことはありえない」と、いつも一蹴《いっしゅう》されましたから、子供のまったくの幻想かもしれません。しかし、今でもマザマザとその光景を想い出すことができます。

この、押入れの中でうずくまる乱歩の——より限定的にいえば、頭の映像は強烈だ。

常識的には、《そんなことはありえない》。だが、そう聞くと乱歩の読者としては、妙に納得してしまう。

8

乱歩は、仮の夜ともいうべき押入れの中で寝ることを好んだ、という。

乱歩が愛読した宇野浩二《こうじ》の大正七年の作に「屋根裏の法学士」がある。そこには、建物の構造上、窓と押入れの戸を開け、中で寝ていると気づかれずに外を《手に取るように眺めることができる》部屋が登場する。《芝居でも見る》ように人々を眺める主人公。これが乱歩の、隠れ蓑《みの》願望を刺激したことはいうまでもない。

守口の家で乱歩の心は、押入れから上へと向かい、「屋根裏の散歩者」が生まれた。

乱歩が描いた、この家の図には、二階床の間に印が付けてあり、そこの《天井板をはがし、屋根裏を観察せり。（屋根裏の散歩者）》とある。

乱歩自身の証言では、押入れから上まで上がったのは、隣の空き家ということになる。『ＮＨＫ編　文壇よもやま話　上』にこうある。聞き手は池島信平だ。

江戸川　その空家を借りたんですよ。で、僕一人そこに居て、御飯なんか運んで貰《もら》ってね。表、しめちゃって、空家みたいに……こっそりその中に居たんだがね。それで、天井見てるんだよ。ところが、借家普請《ぶしん》だから、節穴もあらあね。あの節穴からピストルを撃ったらどうなるかとかいう事を考えてると……ピストルがだんだん毒薬《ドクヤク》に変ったという事ですよ。それでそこの天井裏へ僕は上がってみたですよ。

池島　ああ、そうですか。

江戸川　あれ、上へあがれるんですね、僕は知らなかったけどね。押入れの中の天井板、こうやってると動くんだよ。

池島　だって、電気屋さんが、皆それでやるんです。

江戸川　そうなんだ。電気屋の入り口なんだね。動くもんだからねえ。ずっとこうやってると、何か重いんですよ。ドッシリ、重いんですよ。

池島　ええ。

江戸川　蛇がトグロ巻いてるんじゃないかと思って、怖かったけどねえ。（笑）で、よくみたら、そこに石が重しに載せてあるんだ。それをよけて、屋根裏へ首を出して眺めてね、それを書いた訳ですがねえ。

この部分は、「屋根裏の散歩者」中に《はてな、ひょっとしたら、ちょうどこの天井板の上に、何か生きものが、たとえば大きな青大将か何かがいるのではあるまいかと、三郎は俄《にわ》かに気味がわるくなってきましたが》と、見事に生かされている。経験がなければ、こうは書けなかったろう。

床の間からでは天井が高く、上への足掛かりがない。また、他の人の目もある。そこから上がったとは考えにくい。どう考えても、乱歩当人のいう通り、隣の空き家の押入れから、というのが正しそうだ。隆太郎少年は、天井裏に上がる父を見てはいない。

それでは、狭い階段下の押入れにしゃがむ父はどうか。

9

この記憶は、隆太郎にとって強烈なものだった。実は再三にわたって書いている。「想い出の作家たち」の聞書きは一九九一年のものだが、『乱歩の軌跡 父の貼雑帖から』の記述は、それよりも十年以上前、講談社版『江戸川乱歩全集』月報に寄せたものである。こう書かれている。

この家ではもう一つ奇妙な記憶がのこっている。

二階に通じる階段の下が押入れになっているのだが、ある時、この押入れの襖《ふすま》を開けたら父がそこにシャガミ込んでいた。押入れといっても階段下のことで空間は狭い三角形である。姿勢はうしろ向きであった。可成り薄くなっていた父の後頭部を眺めて、何故ここに入っているのか不思議に感じたものである。筆者の記憶はそれまでで切れている。後年、父についての話題を聞いているうちに出来上がった擬似記憶とも考えてみたが、それにしてはイメージは余りにも鮮やかであった。父は否定していたが、多分筆者の記憶の方が正しいと思う。

ほぼ同じようだが、実はこの文章の《この家》とは、守口のそれではない。大阪府北河内《きたかわち》郡門真村一番地での出来事になっている。

他の文章でも、門真村でのこととなっているから、隆太郎の記憶にあるのはそちら——としていいだろう。となれば、隆太郎は二歳から三歳ということになる。

ここでは、《筆者の記憶の方が正しいと思う》といっていたのが、前記の聞書きでは、《子供のまったくの幻想かもしれません》となっている。

押入れの中にしゃがむ乱歩の《頭》の映像そのものは、隆太郎にとって動かし難い事実だ。自分にとって、幼い日の銭湯の思い出がそうであるように。

しかし、記憶が後から改変され、増幅されることもあるわけで、乱歩に関する様々な情報が、それを塗り替えた――あるいは、厚塗りしたことは、大いにあり得る。幼い心で読んだ本が、記憶の中で形を変えるように。

客観的に見ればどうか。

寺山修司が、ホテルの「Don't disturb」の札を持ち帰ったというのは、何度も繰り返されたことである。札という証拠物件も残っている。動かし難い。これに対し、隆太郎の記憶は、そのまま素直には受け取れない。

『乱歩の軌跡』には、大正六年、鳥羽造船所に入った乱歩が自身を語る《会社ヲ休ンデ自室ノ押入ノ中ニ寐《ね》テヰタリシタ》という言葉が引かれている。外界から隔絶された空間に横になるのは頷《うなず》ける。いたって分かりやすい、現実逃避だ。しかし、いくら押入れ好きの乱歩でも、狭い空間にじっとしゃがんでいた――というのはおかしい。

平成十年、名張《なばり》市立図書館発行、中相作《なかしょうさく》の労作「江戸川乱歩執筆年譜」に寄せた隆太郎の「乱歩と机」に、こうある。

あるとき開けると父が後ろ向きでしゃがんでいた。母に告げて確かめると空っぽであった。父の半分うすくなった後頭部がハッキリ見えたのにと不思議に思ったことである。母が何か恐い話をした後遺症の幻影であったかも知れない。

思い込みによりねじ曲げられた記憶が、明瞭《めいりょう》な映像や音となって残ることは珍しくない。

有名な例をあげれば、東京オリンピックで話題となった、マラソンのアベ選手。アベは、その前のローマ・オリンピックで、裸足《はだし》で走り、優勝した。東京ではマラソン・シューズを履いていた。しかし、沿道の見物の中に、

——裸足で走っているのを、確かにこの目で見た。間違いない。

という人達がいたのである。

隆太郎は、脳内に残る非現実的な映像に、次第に現実的な解釈をほどこし、折り合いを付けるようになったのだろう。

10

　ここで味があるのは、隆太郎が見た乱歩の像が、印象的には、ほぼ《頭》のクローズアップであることだ。

　乱歩は、舞台に出ることを好んだ。山村正夫《まさお》の『推理文壇戦後史　I』によれば、昭和三十三年二月、テアトル・エコーの『プレトリウス博士』の居並ぶ大学教授達の役を推理作家の面々が演じたが、江戸川《先生だけがたっての御希望でカツラをつけられた》。六月、未来劇場の『ナイル河上の殺人』では、

　乱歩先生の役が頭のはげた神父役なので、

「先生の場合は、カツラをつけなくても、そのままでも宜《よろ》しいんじゃありませんか」

　と、私が何げなく申し出たところ、大いに叱られてしまったのである。

「神父がはげ頭だというんなら、はげのカツラでもいいからかぶらせてくれよ」

　とおっしゃるのだ。

　これには、演出役の私もすっかり参ってしまい、御希望どおり先生のはげ頭の上へ、さらに神父用のはげのカツラをかぶって頂くことにした。

実は、これと同じようなことが、前述の黒岩涙香没後三十三周年の催し中にもあったのだ。昭和二十九年のことである。

三越劇場で行われたプログラムの最後は文士劇。それも、先代勘三郎——あの大《おお》中村が演技指導した歌舞伎《かぶき》だったのだから驚く。乱歩はここで、堂々『天衣紛上野初花《くもにまごううえののはつはな》』の河内山宗俊《こうちやまそうしゅん》を演じた。

『探偵小説四十年』に乱歩は、田辺茂《も》一《いち》の《宗俊になった江戸川さんは丸坊主《まるぼうず》のカツラをかぶっていたが、あんなのは生地でいい、カツラなんぞは無駄なこった》という言葉を引き、

　だが、歌舞伎ではいくらハゲていても、地頭ではかたちがつかないのである。

と抗弁している。もっともではある。しかし、数年後の新劇でも、乱歩の態度は同じだった。

これはやはり、舞台の上に立つ時は、非現実の真実をつかみたい——という心の現れだろう。この《カツラ》は《よるの夢こそまこと》と叫んでいるのだ。

乱歩の戦前の厭人癖《えんじんへき》について、若くして髪が薄くなったことが一因でないかといわ

め

ゆ

れる。頷ける。

ままならぬ現実に対する《うつし世は夢》という厭世の思いがそこにある。人であれば、それが理解出来るだろう。隆太郎が、押入れにこもる乱歩の頭頂部を見つめている図は、決して滑稽《こっけい》なものではない。幼子は、見るべきものを見たのだ。

さらに付け加えるなら、昔の子供にとって、大人の頭は、現代より自然に目に入るものだった。

今の家には、畳の部屋が少なくなった。椅子《いす》の生活が多くなった。だが、我々が育った頃まで、父親とは、座布団《ざぶとん》の上に座っているものだった。今とは、子供の視線の位置が違う。

とことこと歩いて側《そば》に寄れば、幼い目の前に、父の頭があったのだ。隆太郎は、眼前にあるそれを心に刻んだのではないか。

11

記録といえば、大昔なら、記憶したものや出来事が、絵に描かれたり語り継がれたりした。やがて文字が生まれ、文章の形で残され、ついには、写真により映像が、録音機により音まで保存されるようになった。

発明の時期が遅れていれば、我々は、古今亭志ん生の落語を聴けなかったわけだ。そう思えば、まことに有り難い。

さて、岡山にトークに行ったのがきっかけとなり、田端文士村記念館の木口直子さんに、芥川龍之介について、あれこれうかがう機会を得た。

特に掌編「カルメン」について、有り難いご教示をいただいた。大正時代に来日した、ロシアの歌劇団の歌姫、イーナ・ブルスカヤを素材に、運命の女を簡潔に描いた作品だ。

この件については落着と思っていたが、年が明け、木口さんから、思いがけないお便りをいただいた。何と、はるか時の彼方《かなた》にいるイーナ・ブルスカヤの声が、今も残っているそうだ。

翻訳家の岡田和也《かずや》さんから、ご教示いただいたところによると、その録音が日本音声保存から出ている、『ローム　ミュージック　ファンデーション　SPレコード復刻CD集』に、入っているという。

驚いた。

何といおうか、その川ならせせらぎの聞こえる側まで行っていた――という気になった。かつて父の日記を元に、時の流れと人についての物語を書いた。その初めの方、昭和二年一月三十日。中学生だった父は、来日したバイオリニスト、モギレフスキーの演奏を聴きに帝国劇場に行っていた。日本で初めて、チャイコフスキーのバイオリン協奏曲を完全演奏したのが、この人らしい。

当然、書くにあたってモギレフスキーの弾く音を聴きたいと思って探し、日本音声保存のシリーズに行き着いた。パンフレットも入手した。十年近く前のことである。

執筆時の資料はまとめて置いてあった。引出しを引くと、すぐに美麗なパンフレットが出て来た。『選集Ⅲ』に、《イーナ・ブルスカヤ　Ｇ・ビゼー：「カルメン」よりハバネラ》があり《ニッポノホン　４７１８（１９２１年録音）機械式録音　当時の日本で初めての本格的なオペラ公演を見せた、ロシア・グランドオペラの代表的人気歌手イーナ・ブルスカヤ（生没年未詳）による１９２１年、２回目の来日時の録音》と説明されている。

――まさか、イーナの声が聞けるとは……。

それが、正直な思いだった。

芥川の掌編は、当時のゴシップから組み上げられた作りものだ。だからこその輝きを持つ。読む者にとってイーナ・ブルスカヤは、現実を下敷きにした虚構だった。　レコードのような形あるものを、地上に残しているとは思えなかった。

すぐに、近くの市立図書館に行って、そのCDを借りて来た。このシリーズは、基本的な音声資料らしく、各地の図書館に入っているのだ。

クリストファ・N・野澤の解説によれば、イーナはアメリカでも公演を行い、《メトロポリタン・オペラにスカウトされた》という。かなり活躍していた人なのだ。

CDをかけると、恋は野放し、野の小鳥と歌う、まさに『カルメン』の歌が流れて来る。昔のレコードだから、針音の風の向こうから響いて来るわけで、現代の録音のように艶《つや》やかな伸びはない。また勿論《もちろん》、芥川龍之介が創作したイイナ・ブルスカァヤと、姿を借りたイーナ・ブルスカヤは、同じ人ではない。

それでも、ピアノを伴奏とするソプラノの声の運びを耳にしていると、肩掛けかばんで中学校から帰る自分を思い出す。歩きながら読んだ、文庫本の「カルメン」。その一節がよみがえる。

「イイナだね。」

「うん、イイナだ。」

12

春になり、風も光も変わった。神保町で、古書店についてのインタビューを受けた。楽しい話題なので、心がはずんだ。

取材場所だった二階の喫茶店から降りて、午後の路上に立つ。制服の女子高校生が二人、連れ立って歩いて来た。三学期の試験が終わったところなのだろう。晴れ晴れとした顔をし、小声で歌を口ずさんでいた。そういう部活に入っているのかも知れない。

今時のメロディでないのが、神保町という場所に似合っていた。

――やすかれ、わがこころよ

そう、聞こえた。

時を経て、注がれた水が器を満たすように、安息を得られることもある。

何をめざすというつもりもなく、三省堂の上の、古書を扱う階に上がった。その棚

に並ぶ、児童書の列を見た時、

——ああ。これに呼ばれたのか。

と、思った。いや、分かった。

ポプラ社の『アルセーヌ゠ルパン全集』、担当さんの探していた版だ。七、八冊しかなかった。それでも当然のように、目指す二冊が、入っている。

四十何年も前に出たというのに、当時の箱に入ったままだった。今、新刊書店の棚から持って来たようだ。本が待っていたのだ。求める人に渡すように、と。

夢の中にいるようだった。それでも、現実だ。父が子に語るように、心の中で、

——こういうことは、あるものなのだよ。

と自分にいい、素直に、

——はい。

と、答えていた。

ゆき

1

三島由紀夫《みしまゆきお》は、賞に恵まれなかった。

世界的なそれの話題はさておき、はるか昔のことである。昭和二十五年八月一日発行の『新潮』に、坂口安吾《あんご》の「私の役割」という文章が載った。連載エッセイ『我が人生観』の三回目。となれば書いたのは、じめじめと暑くなり出す七月であろう。

ちなみに、放火により金閣寺が全焼したのが、その七月の二日未明だった。

坂口は書く。《三島由紀夫をなぜ芥川賞にしないのか、と云《い》つて、私のところへ抗議をよこした人がある》——と。

当時、芥川賞選考委員だった坂口は、こう説明する。

事情を知らない人々には、まことに尤《もっと》もな抗議であるから、この機会に釈明に及んでおくが、三島君は芥川賞復活当時、すでに多くの職業雑誌に作品をのせ、立派に一人前に通用していたから、すでに既成作家と認め、芥川賞をやるに及ばぬ、という意見に全員一致していたからである。

芥川賞は新人にやるものだ――というわけだ。

四年経《た》った昭和二十九年、新潮社文学賞の第一回受賞作が、三島の『潮騒《しおさい》』と決まった。単なる言葉遊びで作品の内容とも無関係だが、賞のことだけ考えると、三十一年新年号から雑誌連載が始まるのが『永すぎた春』であるのが面白い。

当時、三島は、福田恆存《つねあり》、吉田《よしだ》健一、神西清《じんざいきよし》、中村光夫《みつお》、大岡昇平らが名を連ねる文学者の集まり「鉢木会《はちのきかい》」の一員だった。皆が、最年少会員三島の、初めての受賞を祝ってくれることになった。

『神奈川近代文学館　第１４５号』の「所蔵資料紹介・29」にある《中村光夫宛《あて》「鉢木会」寄せ書き書簡（三）》が、この時のものだ。

解説によれば、その前、神西が中村に宛てた書簡に、

フンドシを締め直せといふ恆存先生の発案で、三島坊やにバンドを贈ることになつてゐます、なるべく悪趣味なものをと、銀座ぢゆう捜したけれど蛇皮のは見当らず、やむを得ず鰐皮《わにがわ》で間に合せました。

《三島坊や》という言い方や、わざと《悪趣味なものを》贈って困らせてやれというところから、いじられている若者の姿が浮かぶ。

さて、十一月十二日、大磯の福田恆存邸で開かれた鉢木会が、受賞を祝う集まりとなった。

そこで、《寄せ書き書簡》が書かれ、さらに祝賀の連歌が巻かれた。「資料紹介」中に、それも引かれている。

まず、吉田健一が、墨書する。

友祝ひ友達多く集りて

この『神奈川近代文学館　第１４５号』を、七月に送っていただいた。

吉田に続いて、一座の亭主である福田恆存が、

　千代に八千代に寿《コトホ》ぎにけり

と、脇句《わきく》を付ける。

連歌が進んで行く。

あるところまで来て、文字通り、あっといってしまった。

2

七月に入ってすぐのこと、ある原稿を書いていた。太宰《だざい》治《おさむ》と松本清張が同年生まれであることに触れた。

活動時期を考えると、太宰の方が、はるかに年上に思えるのが面白い。本にたとえれば、太宰というページが閉じられてから、清張のページが始まる。そこで、思った。

——大器晩成の人が早逝《そうせい》してしまったら、まことに無念だろう。

しどころのないまま、舞台を去らねばならないわけだ。そして、山田風太郎の忍法小説が浮かんだ。

ご承知の通り、次々と登場する忍者が《忍法薄氷《うすらい》》とか《忍法浮寝《うきね》鳥《どり》》などとつぶやき、得意かつ特異な術を披露する。続いてそれを打ち破る術を持った忍者が現れ、《忍法ナントカ》――となる。敗れた者は、三振したバッターのように消えて行く。

これが、基本。

いうなれば、観客の前で見得を切っては、舞台から退くわけだ。一番バッターの次は二番、そして三番と続く。不自然といっても仕方がない。そういうものなのだ。

しかし、登場した途端に消えて行く者にまで、それらしい忍法を与えるのは大変だろう。そんなことを考えながら読んでいたら、ある作の中に、何もしないうちにあっさりやられてしまう忍者が出て来た。

風太郎はいう。

――おのれの忍法を使うひまなく倒れたが、この者も必ずや何らかの、驚天動地の術の使い手だったに違いない。

と。

嬉《うれ》しくなって、にんまりしたものだ。

――これこそ、大器晩成の早逝的残念無念ではないか。

そう思うと、この忍者が、一体、どういう本のどこに出て来たのか、気になってしまう。

書庫から、『別冊新評　山田風太郎の世界』を出して来た。この中の、伊藤昭《あきら》による風太郎インタビュー、そして「忍者人名録」、「明治年代記」は出色のものである。事典に、わずかに付された個人的見解が、語られる事項の快い膨らみとなり、よい読み物になっている。

――ここで、触れられていたのではないか？

そういった、余分の語りを入れるのが伊藤昭なのだ。しかし、残念、見つけられなかった。後日、風太郎好きの人に聞いたら、

――そんな場面は、あったと思う。複数回、あったかも知れない。

という回答を得られた。この話は、ここまでなのだが、読書の旅の醍醐味《だいごみ》は、思いがけない道から別の町に入るところにある。

忍者から離れ、「明治年代記」の方も見ていたら、《佳品『笊ノ《ざるの》目《め》万兵衛《まんべえ》門外へ』》という一節に出会った。

――佳品！

伊藤昭がそういうのだ。信じていいだろう。風太郎、風太郎と心が向かっている時に見るこの二字の印象は強い。

——読まねばならない。

うちにある短編集を開いたが、見当たらない。口惜《くや》しいから翌日、神保町に出た。山田風太郎の本といえば、書店の棚にずらりと並んでいる——というイメージがあった。しかし今、探すとなると驚くほど少ない。三省堂の二階に行って、やっと、小学館文庫の『時代短篇選集2　斬奸状《ざんかんじょう》は馬車に乗って』を手にすることが出来た。目次に「笊ノ目万兵衛門外へ」があるのを見て、喜んだ。

立ったまま、ぱらぱらとページをめくった。あった、あった、あった。

第一行目は、こうだ。

「雪の日やあれも人の子樽《たる》拾い」

そして、次のように続く。

だれでも知っているこの句の作者を、読者は御存知であろうか。

3

「笊ノ目万兵衛門外へ」が書かれたのは、一九七二年、即《すなわ》ち昭和四十七年。半世紀近く前になる。

確かその頃のことだ。NHKのテレビで、老若男女が知っている歌は「青い山脈」だといっていた。観《み》ていて、

――そうだろうな。

と、思った。老年壮年は、勿論《もちろん》、歌える。メロディが浮かぶ。若者も知っていた。

時は流れて二十一世紀。今はもう、そうはいえない。

この句はどうか。風太郎はいう。《だれでも知っている》と。

――《古池や蛙《かわず》飛び込む水の音》じゃあるまいし。

そう思うでしょ？　ところがどっこい、この間、Eテレの国語教育番組を見ていたら、登場した女性タレントが《古池や》など聞いたこともない、といっていた。

厳密にいったら、何であれ、《だれでも知って》はいない。しかし、要するに程度

問題だ。「青い山脈」の歌が知られていた昭和四十七年、山田風太郎は、

雪の日やあれも人の子樽拾い

の認知度は、かなり高い——と、思っていた。

風太郎よりはかなり若いこちらはどうか。子供の頃から知っていましたね。今でも覚えている。そして、三省堂書店の棚の前で、繋《つな》がりの不思議さに驚いた。

どういうことか。

実は、書きかけていた太宰と清張が同い年——という原稿には、もう一人、明治四十二年生まれの作家が登場する。大岡昇平。その代表作のひとつが『武蔵野夫人』だ。

そこから伊藤整の『感傷夫人』に触れ、さらに三島由紀夫の『美徳のよろめき』が売れた頃《よろめき夫人》という言葉が流行したこと、さらには、子供の頃、ラジオで聞いた覚えのある『チャッカリ夫人とウッカリ夫人』にまで思いの輪を広げた。

昔、そういうドラマをやっていたのだ。となれば、似たような趣向の題を持つ『オヤカマ氏とオイソガ氏』を連想するのも当然だろう。そういうのもまた、あったのだ。

柳家金語楼《きんごろう》が、オヤカマ氏をやっていた。奥さんが風呂《ふろ》に入っていて、オヤカマ氏

に、何かを取ってくれという。そこで彼は、
「ば、馬鹿《ばか》ものーっ！」
と激高する。夫婦であろうと、裸体でいるのに戸を開けていいというはしたなさが、我慢ならなかったのだ。その部分だけ、鮮烈に覚えている。金語楼の語調が耳に残った。時代の違いが、よく分かる。

と、思ったところで立ち上がり、買ったまま何年も封も切らなかったＤＶＤを取り出して来た。

ものは何か。『アツカマ氏とオヤカマ氏』。『新東宝森繁《もりしげ》シリーズ』の一枚だ。昭和三十年の映画。我が町のホームセンターに買い物に行った時、このシリーズがワゴンに並んでいた。

——おやおや、『オヤカマ氏とオイソガ氏』の系列かな。

と、懐《なつ》かしさに手に取った。

ＤＶＤケースの裏を見ると、映画の場面が小さく九つ並んでいる。そのひとつに目を見張った。

旧式のテレビの画面に、落語家が映っている。ひと目で分かる。三代目三遊亭金馬《きんば》。昔、ラジオから流れて来た懐かしい声の主だ。明快な語り口で、分かりやすく面白い。

大変な人気だった。

この人が落語をやる映像は、代表作のひとつ『藪入《やぶい》り』しか残っていない、と思っていた。

――こんなのがあったんだ。

落語家の代名詞のような古今亭志ん生が、映画『銀座カンカン娘』の中で『替り目』を語る。マニアなら知っている。しかし、一方の雄、金馬のこれはどうか。ケースの出演者一覧にも、その名はない。しかし、仮に一瞬であろうと、あの金馬が噺《はなし》をしているなら貴重だ！

そう思って買ったのだが、すぐに観るような若さがなかった。若さがないのに、

――老後の楽しみ。……何かの折に。

というところだ。思いがけなく、その折が来た。

十分前には、観ようなどとは思わなかった『アツカマ氏とオヤカマ氏』を、こうして、観始めた。

二枚目役者の代表だった上原謙《けん》――加山雄三の父親ですね――が何と、三枚目のオヤカマ氏をやっている。なかなかの好演だ。小林桂樹《けいじゅ》のアツカマ氏も、それらしい。

昭和三十年の風景もいい。《たそがれる》という言葉が何度も出て来る。

——あの人、たそがれてるわ。

といった具合。気落ちしている様子だが、この頃の流行語だったのだ。観て損のない、楽しい映画だった。

そして、こちらの眼目である金馬は『小言念仏』を演じている。主人公は、

——なむあみだぶー、なむあみだぶー。

と、ひたすら念仏を続ける。祈りなのだから、一心不乱、敬虔《けいけん》でなければならない。それなのに……、という面白さ。この演目の選択が実にうまい。短い時間でも三遊亭金馬らしさが、よく分かるのだ。

——いやあ、生きて動いてる三代目が観られるとはなあ……。

4

そこで、三省堂での驚きに繋がる。

読者は、

——子供の頃から《雪の日やあれも人の子樽拾い》を知っているとは、何という物知りか。

と、思われるかも知れない。そんなことはない。教えてくれたのは、ほかならぬこの三代目三遊亭金馬なのだ。

ラジオから流れて来る落語により、昔の人間は様々な故事来歴、一般常識を身につけた。

金馬のやっていた落語のひとつに『雑俳《ざっぱい》』がある。ご隠居さんのところにやって来た八五郎が、俳句についてレクチャーされる。幼い耳にも、というか、幼い耳だからこそよく残る。

その中に、こういう一節がある。

金馬ならレコード時代の全集も、CDになってからのそれも買っている。しかし、文字の形でなら、青蛙房《せいあぼう》の『三遊亭金馬集』にこうある。

「句にも情がなければいけませんよ、『雪の日やあれも人の子樽拾い』」

「なんだね？」

「お駕《かご》の中からお大名が見てもいいし、今なら会社の重役さんが見てもいい。雪の中で真ッ赤な手をした酒屋の小僧さんが目に浮かぶじゃないか。句に情がある。

『雪の日やあれも人の子樽拾い』

なお、この本での題は「雪てん」になっているが、同じ噺である。《雪の日や》の句がポピュラーなものになったのは、落語によってだろう。

金馬に教えられたその句と、金馬の映像を見た直後に出会う！　大袈裟《おおげさ》にいうなら、運命の不思議さだ。うなっても無理はないだろう。こういう、百万にひとつのような巡り合いは、あるものなのだ。

5

さて、風太郎は《この句の作者を、読者は御存知であろうか》という問いに続けて、答えを出す。

それは市井《しせい》の俳人ではなくて、吉宗《よしむね》時代の老中で磐城平《いわきたいら》五万石の大名、安藤対馬《つしまの》守信友《かみのぶとも》という人である。

全く、知らなかった。話は、この信友の子孫のことになる。

それから数代を経て幕末に、やはり老中となった安藤対馬守信正《のぶまさ》が出た。井《い》伊《い》大老の後継者となった人物である。二年後、坂下門外で浪士のむれに襲撃されて傷つくまでのあいだ、彼は外は諸外国の傲慢《ごうまん》な威《い》嚇《かく》と、内は水戸の狂思想集団とに対し、あるいは慰《い》撫《ぶ》し、あるいは毅《き》然《ぜん》として立ちむかい、当時の首相としてその処置まずほかに法がなかったと認められるばかりか、のちの小栗《おぐり》上野介《こうずけのすけ》の硬、勝《かつ》安《あ》房守《わのかみ》の柔をかねそなえ、資質的にはこれを合わせたような一個の傑物ではなかったかと思われる。

以下、必要があるので「笊ノ目万兵衛門外へ」の粗筋を語る。未読の方は次の節までお進みいただきたい。

辣腕《らつわん》をふるった安藤信正だったが、それが出来たのも、片腕とまで頼む町奉行同心笊ノ目万兵衛がいたからである。彼は、同情すべき犯罪者には寛大で、己の信条を通すため庶民を犠牲にするような連中には厳刑を科した。しかし、時は幕末。万兵衛は、数多くの危険分子と立ち向かわねばならない。間に立つ奉行所は自分達の保身は考えるが、万兵衛の血を吐くような苦境には一片の配慮もしない。苛《か》酷《こく》な状況の中で、彼は最愛の子を、そして妻をも犠牲にする。

　文久二年一月十五日。江戸には正月の雪が残り、吹く風も冷たかった。坂下門外で老中安藤信正を襲撃し倒れた一味の中に、笊ノ目万兵衛がいた。その屍体《したい》を改めると、腹巻に巻き込まれた白絹の文字が読めた。かつて、信正が、先祖の信友の句「雪の日やあれも人の子樽拾い」のことを語ると、万兵衛は乞《こ》うた。——それを白絹に書いてくれ、肌身離さず持っていたいのだ、と。

出て来たのは、その白絹だった。乾いた血痕《けっこん》のため、一字だけ違って、次のように読めた。

「雪の日やおれも人の子樽拾い」

帰りの電車の中で読んだ。日下《くさ》三蔵《かさんぞう》の「編者解説」には、前述の『別冊新評』における、伊藤昭のインタビューが引かれている。山田風太郎は、「笊ノ目万兵衛門外へ」について、こう語っていた。

　浅間山荘事件の警官の話からヒントを得たんですよ。結局、警官の方は、全能力を挙げて悪い奴《やつ》をつかまえても、犠牲をいくら払っても、少しも顧みられないということがある。それがヒントですね。

これほど分かりやすい物語もない。要するに、最後の場面は《公》に対する《私》の、抗議であり報復だ。

それを形にするのに、まず安藤信友の「雪の日やあれも人の子樽拾い」を提示する。作者が老中であればこれは、駕籠《かご》の中から見た庶民の姿だろう。数ならぬ者に注ぐ、憐《あわ》れみの目が、そこにある。万兵衛は、それにうたれた。

最後の場面、風太郎は『増訂武江年表』の、大雪が《廿日《はつか》ごろまで消えず》という記事を、ことさらに引く。信友の子孫である安藤信正を襲わせるのに、駕籠にいる時、そして背景は雪、にしたかったのだ。さらに、運命の変奏、対比として「雪の日やおれも人の子樽拾い」を置く。

ただ、この結びは言葉遊びになり、全体を軽くするうらみがある。現代の《あ》と《お》ならともかく、くずし字のそれが紛れやすいものかも疑問だ。

疑問——といえば、《樽拾い》というのが分からなかった。ラジオ落語を聞いていた小さい頃は、単純に、空き樽を集めている子供——だと思っていた。昔は、サイダーの空き瓶などを酒屋に持って行くと、五円だったか十円かは忘れたが、金を出して引き取ってくれた。雪の降る中で、そういう小遣い稼ぎをしている子供と思っていたのだ。

しかしながら、うちに帰ってから『大辞林』を引くと《酒屋の小僧が得意先から空樽や空徳利を集めて歩くこと。また、その小僧》とあった。

はっとした。

江戸文芸に詳しい方には、すぐ分かることなのだろう。肝心なのは《小僧》である。動詞ではなく名詞。《樽拾い》とは、使われる者なのだ。とすれば、将棋の指し手である信正に対し、一枚の歩兵としての万兵衛がくっきりと浮かんで来る。その歩《ふ》が最後に、

――俺も人間だ。

と、叫んだのだ。

6

家にある岩波や集英社の古典の全集を見ても、この句は出て来ない。

《ない》というのが気になって、近くの市立図書館に行ってみた。安藤英方《ひでかた》編の『近世俳句大索引』（明治書院）を見ると、

雪の日やあれも人の子樽拾ひ　冠里　続奇

と出ている。《冠里《かんり》》というのが信友の俳名なのだろう。《続奇》は出典。竹内玄玄《げんげん》一《いち》の俳人逸話集『続俳家奇人談』。岩波文庫に入っているので、すぐ見られる。確かに《冠里公の、／雪の日やあれも人の子樽ひろひ／と、侯伯にしてこの詠あるもまた奇ならずや》と書かれている。

《樽拾い》という語句は、川柳《せんりゅう》の方が似合いそうだと粕谷《かすや》宏紀《ひろき》編『新編川柳大辞典』（東京堂出版）を引く。

あった、あった。《樽拾い》の説明として、こう書かれている。

酒屋や醤油屋《しょうゆや》の丁稚《でっち》で、空樽や空徳利を得意先から集めて回る者。仕事柄、裏口から突然入るので、下男下女の濡《ぬ》れ場などに出くわす事がある。安藤冠里（奥州磐城平藩主安藤対馬守信友）の句に「雪の日やあれも人の子樽拾い」がある。

そして、幾つか並んだ例の中に、

名句にはなるとは知らぬ樽拾い（二九3）

があった。（二九3）とは、川柳集『柳多留《やなぎだる》二九篇3』のことである。

いかにも川柳らしい作だ。安藤信友が駕籠の中から見ている小僧は、自分が五七五の中に定着され、それが名句として残るとは、夢にも思わない。

すでに人に知られた古典の名場面を、別の角度から詠《よ》み、なるほどと思わせるのは川柳のひとつの型だ。例えば、『伊勢物語』の名場面、若き日の二条の后《きさき》を盗み出し芥川を渡る業平《なりひら》の姿を、こう描く。

やわ〳〵とおもみのかゝる芥川

『伊勢物語』のように、とはいわぬまでも、当時、「あれも人の子樽拾い」の句が、パロディの下敷きにされるほど知られていたと、これで分かる。

浜田義一郎《ぎいちろう》編の『江戸川柳辞典』（東京堂出版）では、《樽拾ひ目合《まあ》イを見ては凧《たこ》を上げ》を、こう鑑賞している。

> 冬の日やあれも人の子とよまれた樽拾いが、こきつかわれながら寸暇を見つけ、また主人の目を忍んで、正月は凧をあげたりする。まだ遊びたいさかりの年頃で、むりもない。

ここでは《冬の日や》となっているが、ともあれ、この句が知れ渡っていたことの証明になるだろう。

俳句、川柳関係を見ても、これ以上のことは出て来そうもない。

そこで、ふと作者その人について当たってみようと思った。

棚を見て行くと、新人物往来社の『三百藩藩主人名事典』があった。藩主人名事典編纂《へんさん》委員会の編。その二巻に出ていた。

> 安藤信友　美濃加納《かのう》藩六万五千石安藤家初代当主。
>
> （中略）

信友は、俳諧《はいかい》をよくし、冠里と号し、「雪の日や　あれも人の子樽拾い」の一句は有名である。

――分かっていることばかりだな。

そう思って本を閉じかけ、また開いた。

――美濃加納藩六万五千石安藤家　初代当主？

山田風太郎も、そして『新編川柳大辞典』もまた、信友は奥州磐城平の藩主としていた筈《はず》だ。

――何かが、おかしい……。

7

そういえば、担当さんは俳句をやっていた。メールしてみた。

今、こんな句を追っかけています。「雪の日やあれも人の子樽拾い」。聞いたことありますか。

意外な返事が返ってきた。

あ。それなら、見たことがあります。

——見た？

俳句を見るとは、一体、どういうことだろう。

考えているような間があって、次のメールが来た。

確か、松濤《しょうとう》美術館で。

渋谷の？

はい。犬の美術の展覧会がありました。作家さんのお供で行きました。犬の埴輪《はにわ》とかから始まって、古今の犬の絵が勢揃《せいぞろ》い。

絵ですか。そこに、「雪の日や」が？

はい。雪が降ると、猫はこたつで丸くなるけど、犬は喜び庭かけ回るでしょ。

それはそうだが、《樽拾い》とどう繫がるのだろう。

その絵、今も見られるんですか。

いえ。かなり前の話です。でもまだ、カタログが買えるんじゃないかな。明後日《あさって》、渋谷に行くんで、寄ってみます。

その数日後、神保町の喫茶店で、お会いする機会があった。窓際《まどぎわ》の明るい席に並んで座ると、すぐ問題のカタログを出してくれた。『いぬ・犬・イヌ』という展覧会。副題が《人間の最も忠実なる友・人間の最も古くからの友》だ。

しかし、担当さんが行った日、松濤美術館は、丁度、休館日だったという。

「それでも買えたんですか」

「前の日にメールして、カタログの在庫を確認したんです。そうしたら、閉館中の入り方を教えてくれました。中に入って、窓口からお声がけしたら、すぐに出て来てくださって――」

「凄《すご》いなあ。出来る編集者の見本ですね」

「とんでも、とんでも」

と、手を振る。

カタログはＡ４判の堂々たるものだ。表紙には眠り猫ならぬ犬が、すやすやと寝入っている。

付《ふ》箋《せん》の付いたページを開く。モノトーンの水彩画だ。左下に絵の題が記されていた。

そこに《雪の日やあれも人の子樽拾い》と書かれている。

斜めに吹きつける雪風の中、桶《おけ》のようなものを肩から吊《つ》るした少年が、家に声をかけている。竹格子《たけごうし》の窓の向こうに見えるのは、障子を開いて応対するおかみさんの姿。寒い外には少年の隣に犬がいて、内からは、おかみさんの袖《そで》にくるまれた猫がちょこんと顔を出している。

少年は、

「空き徳利、空き瓶はありませんか」

と、いっているのか。口に当てた手がメガホン代わりのようでもあり、かじかむ指先を温めているようにも見える。

格子の中のおかみさんは、

「あいにくだねえ」

と、答えているのだろう。

少年は、雪にまみれた麦藁《むぎわら》帽子を被《かぶ》っている。桶の中には、瓶の口も見える。要するに、江戸時代の風景ではない。明治か大正の、生活のひとこまだろう。

それもその筈、描いた戸張孤雁《とばりこがん》という人は、明治に生まれ昭和二年に亡《な》くなっている。

「なるほど。つまり、《雪の日や》の句が、お題なんですね。《夏草や兵《つわもの》どもが夢の跡》で一枚描いてみよう——というような」

それだけ有名だったわけだ。山田風太郎がいうように、《だれでも知っているこの句》なのだ。その証明になる。

——それにしても、
と、思い、担当さんに、

「この展覧会、随分前じゃないですか。確かに、ほかの犬の絵と比べたら妙に物語性がある。目立つことは目立つけど、よく覚えてましたね」

「うちにも男の子がいますから、何か、ひとごとじゃなくて」

雪の日という苛酷な条件の中で働いている子供の姿が胸に刻まれたそうだ。少年の顔は、麦藁帽子に隠れている。見る人によって、それが身近な顔にも思える。句にもそういうところがあり、人々の記憶に残るのだろう。

頷《うなず》いて、

「今の子は、寒けりゃ手袋やマフラーして当たり前、霜焼けなんて聞いたこともないでしょうけど、昔は違う。うちの中でも、冬なら洗い桶に氷が張った」

針で刺されるような寒さの中にも、生活のためには、出て行かねばならなかった。

8

この句について、探索して来た道筋を話した。

「山田風太郎は、作者の安藤信友を磐城平の大名だと書いている。でも、ある事典では美濃加納藩の当主になっているんです」

「おや」

「この辺の揺れは気になるでしょう。そうなると、岩波の『日本古典文学大系』を始めとして、今の名句集にこれが入ってないのを、ははあ、と思う。ピンと来る」

担当さんは、お好きな苦めのコーヒーを啜《すす》り、

「どう来るんです？」

「これ即ち信友の作――っていうのが怪しくなるんですよ。一般的には、そういわれてる。ほら、ここにもそう書かれてる」

カタログの作品解説に、こう書かれていた。

「雪の日やあれも人の子樽拾い」は、江戸中期の大名で、宝井其角《きかく》に師事し俳諧で知られた安藤信友（１６７１―１７３２）の代表作。句は雪の降る寒い日に駕籠で登城する途上、酒屋の小僧が薄着に素足で御用聞きをして回っているのを見かけて詠んだもので、自分の子にはとてもまねさせられないが、あの小僧も同じ人の子なのにとても不憫《ふびん》であるという心を詠んでいる。

「まことしやかでしょう。これが世間に流布《るふ》しているんです。しかし、眉《まゆ》に唾《つば》をつけ

て読むと、――出来過ぎだと思いませんか」

「うーん。そういわれれば……」

「そりゃあ、大名が駕籠の中で作った方が話として面白い」

「でも、……だとしたら、《あれも人の子》がちょっと嫌らしいですね。そんな文句を、駕籠の中でメモしてるとしたら」

「でしょう？　普通の俳人が、通りで見かけて詠んだ――という方が自然です」

「そうですね」

「今の俳句の本に出て来ないのは、専門家が、はじいてるからじゃないか。おかしいと思い始めたら、そんな気になります。もう相手にしてない。――江戸の俳句の場合、劇的にしたい第三者が、別人の作を誰かにくっつける。そうやって《伝説》を作る。ポピュラーな作には、あることです」

「ははあ」

「有名なところでは、《松島やああ松島や松島や》。これを芭蕉だと、いいたがったりね。さすがに、そう思う人はもういませんけど。――千代女《ちよじょ》の例もあります。江戸時代、有名な女流俳人といえば、まず加賀の千代。そうすると、別人の句が、千代女の作として伝えられる。――その方が面白いから」

「名もない人が何かしたっていうより、織田《おだ》信長《のぶなが》がこんなことしたっていう方が、話が輝きますもんねえ」

「それどころかね、語る方が豪傑になると、誰が何した——の《誰が》なんて、どうでもよかったりする。大井廣介《ひろすけ》が書いてますけど、ある時、坂口安吾と話してた」

「はい」

「そうしたら、平野謙のことになった。坂口がいうには、平野と古谷《ふるや》綱武《つなたけ》が文学論をしていた。平野があんまりしつこくからむんで、古谷が泣いて腹を立てた——というんです」

「ありそうですねえ」

「それから、半年ぐらいして、また坂口と話してたら、今度は、酔った古谷にからまれて、飲まない平野が口惜し泣きをしたという」

「逆じゃないですか」

「そうなんですよ。織田信長が、本能寺にいる明智《あけち》光秀《みつひで》を襲うような話になっている。——この前聞いたのとあべこべだ、というと、さすがは坂口安吾、全く動じない。片方が片方を泣かしたんだから同じだ。《違うなんておかしいや》と泰然自若。どっちにしたって本能寺の変だろうって具合」

「ひえー」

「伝説という茶碗《ちゃわん》は、他人の手でこうやってこね上げられる。——ま、このエピソードは平野や古谷ではなく、語る坂口安吾自身を語っている。その限りにおいて、いかにも真実ですね」

《雪の日や》の作者については、敏腕編集長に聞いてみる——といってもらえた。

「文芸オタクなんですよ」

「頼りになりますね」

「ええ。調べものが大好きなんです。プーさんの蜂蜜《はちみつ》みたいに」

そういう心の動きは、編集者にとって必須《ひっす》のものだろう。

「それにしても、七月に雪の日の話なんて、随分と季節はずれですね」

「これがなかなか、そうでもないんです。高校生の頃、『七月の雪つぶて』という短編を読みました」

「はあ」

「その頃は、古本屋さんというのに憧《あこが》れてました。神田にずらりと並んでる——というイメージはあったんです。だけど、やっぱり遠い。高校の同級生に、浦和から来てる奴がいました。県庁所在地ですからね。そこなら、あるんじゃないかと思って聞いて、地図を描いてもらいました。土曜の午後に行ってみたんです。すると、そこに『エラリイ・クイーンズ・ミステリ・マガジン』が山と積んでありました。忘れもしない、一冊三十円」

「安いですね」

「今の三十円じゃないから、簡単には比べられません。でも、無理な値段じゃありませんでした。七、八冊、買って帰った中に、クイーンのそれがあったんです。『スノーボール・イン・ジュライ』」

「英語版？」

「いや。勿論、翻訳ですけど原題も覚えましたよ。うだるように暑い七月、前の駅を出た筈の急行列車スノーボール号が、待てど暮らせどやって来ない。それも道理、——七月の雪つぶてなら、影も形もなく消えてなくなる」

担当さんは、広い窓の向こうの、太陽がいっぱいの靖国通りを行き交う車に、目をやり、

「あそこに、スノーボール号があったら溶けますかねえ」

「そこですよ、面白さは。探偵小説としての解決は、脱力するようなものです。気が短い人は怒り出す。しかし、値打ちはそこにはない。いいのは、題名と設定なんです。

それを楽しむ余裕がないと、この短編の読者にはなれない。後期クイーン独特の、軽みが味わえる作品です」

「ははあ」

「その時から、頭の中で《七月》と《雪》というのはワンセットになりました。——今の日本で、暑い盛りといえば何月です？」

「まあ……八月でしょうね」

「責任は持てないけど、どうも、あちらでは《七月》じゃないかと思えるんです。小林信彦《のぶひこ》の『〈超〉読書法』を読んでいたら、『七月のクリスマス』というハードカバーのことが出て来ました。映画監督、プレストン・スタージェスのことを書いた本です。そして、『クリスマス・イン・ジュライ』はスタージェスの代表的な作品のひとつなんです」

「ああ……」

「アイスクリームの天麩羅《てんぷら》みたいに、対照的だからこそ、題になるわけでしょう。そう思えば、七月と雪も、いい取り合わせですよ」

9

大当たりで、結局、県立図書館まで行ったところで、いい籤《くじ》が引けた。
高木蒼梧《そうご》の『俳諧人名辞典』(巌南堂《がんなんどう》書店)に、こう書かれていた。

○冠里　安藤氏。備中松山藩主従《じゅ》四位対馬守信哉、重行・信賢のち信友と改めた。正徳元年美濃の加納へ転封になって所領六万五千石、西丸奏者番・寺社奉行・大阪城代に歴任し、享保《きょうほう》七年から十年間、八代将軍のもとに老中を勤めた。俳諧は其角門で、その居を含秀亭と号した。『類柑子《るいこうじ》』には其角との親しさをみるべき文があり、二十五番句合の『おのがね鶏合』を見れば、遊戯的の殿様芸でなかった事が知られる。

冠里伝には、磐城平の藩主と誤ったものがある。安藤氏が磐城平に転封になったのは、冠里没後二十余年の宝暦六年一七五六で、冠里の曾孫《そうそん》の時代である。また「雪の日やあれも人の子樽拾ひ」の句を、『続俳家奇人談』など殆《ほとん》どみな冠里の作としているが、真の作者は沾徳《せんとく》で、旧松宇文庫に真蹟《しんせき》が蔵されていた。

昭和三十五年初版の本だ。かなり昔から、その道の人には分かっていたことになる。

水間《みずま》沾徳は、其角亡き後の江戸俳壇に重きをなした人物だという。ところで、其角門に大名俳人の安藤信友がいた。

――《雪の日や》の句が沾徳の作では当たり前、大名が駕籠の中で詠んだ――とした方が味がある。

そう思った誰かさんがいたのだ。表には出ない創作者である。盛られた話の方が、より広まるものだ。口から口に繋がるうちに、たちまちこれが定説になってしまった。

『続俳家奇人談』については、前にも触れた。天保《てんぽう》年間の刊行。沾徳の頃から百年も経《た》っている。

実は、《雪の日や》の句を冠里のものとしてあげる直前に、浅草に住む西島という夫婦の逸話が出て来る。共に句をたしなむ。雪のひどい夜、句会に行こうとする夫を送りながら、妻が、

わが子なら供にはやらじ夜の雪

と詠んだ。そこで夫は、小僧を連れず一人で行った――とある。

岩波文庫版は、雲英《きら》末雄の校注だが、解説に、この西島の妻の話は、

　実際は凡兆《ぼんちょう》の妻とめのことであるが（其角編『いつを昔』元禄《げんろく》三年）、こうした人情話は一般の人々にはたいそうわかりやすく、また共感を得たものと思われる。

　と、あるのに驚く。エピソードというものが、簡単にその主体をかえてしまうことの好例だ。

　雲英末雄は、中野三敏《みつとし》の『師恩　忘れ得ぬ江戸文芸研究者』（岩波書店）の中で《僕より若い癖に》と、その早逝《そうせい》を惜しまれている。西島の妻の正体は、野沢凡兆の妻――と名指しする手際は、《戦後、個人としては最大の俳書コレクターだった》といわれる雲英ならではのものだ。

　その名探偵雲英でさえ、《雪の日や》の件に一言することはない。作者信友説がいかに、根強かったか分かる。

10

文芸の蜜の味が大好物という、敏腕編集長があれこれレクチャーしてくださるというので、神楽坂の新潮社に出掛けた。

担当さんが、

「プーさんというと、寝転がって蜂蜜の壺《つぼ》を抱えているような感じがしますけど、うちの社にいるのは、どちらかというとミツバチ兼任で、あわただしく動き回ります」

その言葉通り、二階の小会議室で待っていると、たちまち数冊の本を抱えて入って来た。

担当さんはお茶の手配をしてくださると、別の仕事に向かった。

「あれこれ、お調べいただいたようで……」

と、お礼をいうと、編集長は眼鏡の奥のにこやかだが鋭さを秘めた目を光らせ、

「いや、こういうことが大好きなんです。こういうことやってないと、倒れてしまうんです」

と、いいも終わらず、取り出したのは古めかしい一冊。頴《え》原《ばら》退蔵の『俳句評釈　上

巻』。昭和二十七年の角川文庫だ。

「あ。潁原先生だ」

昔の国文学界について調べたことがある。大学教授の中には、プライドばかり富士山のように高い、唯我《ゆいが》独尊《どくそん》派の人もいた。しかし、潁原は違っていた。実力もあり、包容力もある。

「立派な人でしたよね」

「さあ、それは知りませんが、とにかくこの本の中に、句の誤伝について書かれているんです」

「……ゴデン？　別人の作として伝わっているものですね」

「《白魚や石にさはらば消えぬべし》《三日月やはや手にさはる草の露》……」

ストライクだ。やはり中でも、俳聖が作ったことにされた句が多い。

「そういうのが、芭蕉作として紹介されたりしたんですね」

《木曾殿と背中合せの寒さ哉《かな》》は芭蕉の墓のある義仲寺に、《飛ぶものは雲ばかりなり石の上》も殺生石《せっしょうせき》で名高い那須野に、一時、芭蕉作として句碑が建ったという。共に誤伝なのだ。

「えー、これまで！」

と、声をあげたのは《山門を出《いず》れば日本ぞ茶摘うた》。宇治の、黄檗山《おうばくさん》萬福寺に句碑がある。若い時に行って、見た。中国風の寺を詠んだ作なので、まさにその通り——と思う。印象が強い。作者は忘れていたが、句は覚えている。とにかく、芭蕉ではない。

「菊舎尼《きくしゃに》という人が作ったんですね。そして、——これです」

　雪の日やあれも人の子樽《たる》拾ひ

「うわー。芭蕉作にされたことまであるんですか。何でもかんでもみんな——という感じですね」

「そうなんです。しかし、《雪の日や》は、それよりもはるか後の『続俳家奇人談』にもあるように、冠里侯、即《すなわ》ち安藤信友の作として広まってしまった」

「確かに」

「しかしながら、享保年間に出た『俳諧五雑俎《ざっそ》』に《初雪や是《これ》も人の子樽拾ひ　沾徳》として出ている。享保には、信友がまだ生きていました。となれば、やはり《沾徳の作とするのが正しい》」

「こちらでも、水間沾徳ですね」

編集長は落語好き、談志好きである。そこで、こんなことをいい出した。

「人間関係を整理すると、芭蕉亡き後の、江戸俳諧の中心になったのが、宝井其角と水間沾徳。信友は其角門にいたという。——芭蕉が柳家小さん、其角が談志、沾徳が小三治、信友の冠里が志《し》の輔《すけ》でしょうか」

面白がりつつ、

「いやあ、沾徳は、芭蕉の弟子じゃないようですよ」

「まあ、そこはそれ、年の感じというだけで。——無茶苦茶なアナロジーとは承知しております、はい」

首をすくめるようにして、何度か頷く。自分を納得させているようだ。落語を知らなければ、かえって五里霧中になったかも知れない。だが、おかげで人物の立ち位置がはっきり見えて来た。ありがたい。

「ちょっと、整理してみましょう」

紙を広げて、年表式に書いてみた。

元禄七（一六九四）芭蕉没。江戸俳諧は其角、沾徳の時代に。

正徳元（一七一一）　安藤信友、松山藩から美濃加納へ転封。
享保十（一七二五）『俳諧五雑俎』に《初雪や是も人の子樽拾ひ》の句、沾徳作として収録。（享保十六年とする本もある）
享保十七（一七三二）　安藤信友没。
宝暦六（一七五六）　安藤氏、磐城平へ転封。

　そこを指さし、

「伝説では、《雪の日や》の句を作った安藤信友は磐城平の殿様――ということになっています。してみれば、その《操作》は――宝暦の、この時点から後になる」

「そうでしょうなあ」

　と編集長は、実年齢より年寄りっぽい相槌《あいづち》を打ち、

「――誰かさんが《雪の日や》の句を読み、大名の作にしたくなった。となれば、作者として最適なのは安藤冠里だ。安藤家なら磐城平だ」

「それが、うまくはまったから、皆なに受け入れられた。ポピュラーになった。――句の成立を詠んだ川柳。図書館の『誹風柳多留全集』で確認しました」

　岡田甫《はじめ》校訂、三省堂から出ている。その第三巻、寛政十二年刊行の二九篇にあっ

た。そちらの表記によれば、

名句にハなるとハしらぬ樽拾ひ　不酔

年表に書き足すなら、

寛政十二（一八〇〇）『柳多留』に、この句の作られた状況を詠んだ川柳が載る。

「《名句》の作者が誰とは書かれていない。しかし、大名が駕籠の中で作ったという設定が受けたのでしょう。おかげでポピュラーになった。俳句の場合は、作る方の《詠む》だけでなく、解釈する方の《読む》もまた創作だといいます。ここに、天才的な創作者がいたんでしょうね」

編集長は、自分もペンをとり、

「わたしにも書かせてください」

といい、

文化十（一八一三）式亭三馬《さんば》の『浮世風呂《ぶろ》』四篇、刊行。

文政八（一八二五）鶴屋《つるや》南北《なんぼく》の『東海道四谷怪談』初演。

「何です、これは」

「これに、《雪の日や》が出て来るんですよ」

と、編集長は蜜をなめたようににんまりとする。——おそるべし、新潮社。

11

文化文政。一般に化政期ともいう。

十一代将軍家斉《いえなり》の時代。かつての元禄文化が青年壮年のそれとすれば、世は熟れ尽くし、退廃の色を見せる。文化の中心は、上方から江戸へ、庶民へと移って行く。三馬や南北は、そういう頃に活躍した。

編集長は、だんだんプーさんめいたものに思えて来た手で、赤茶色の本を開き、

「ええと、『浮世風呂』を、岩波の『日本古典文学大系』で見ると、こうなってます。

——四編巻之《の》上《隠居ぢいさま》の晩右エ門の台詞《せりふ》に《雪の日やあれも他《ひと》の子樽拾ひ、

トいふ句がある。我が子ならば雪の中を素足《はだし》では歩かせまい》」

「おお」

「注に《奥州岩城平の城主、安藤対馬守信友の作という。吉宗に仕えて老中となった人。俳号、冠里。享保十七年（一七三二）七月二十五日没、年六十二。》とある」

　受け取って、奥付を見る。昭和三十二年初版だ。

「なーるほど。味のある注ですね、見れば見るほど。――《信友の作という》の《という》がいいなあ」

「当たり前なら、信友の作――と書きますな。で、岩波の『大系』なら平成になって新しくなっている」

　と、深緑の表紙の『新 日本古典文学大系』を取り出す。同じところに付いた、こちらの注は《美濃加納の藩主安藤対馬守信友、俳号冠里の句という（続俳家奇人談）》となっている。

「昭和から平成になって説明も進化した。……なるほど《奥州岩城平の城主》というのがあきらかな誤りだから直している。さらに、この《という》の出典も記しているわけですね」

　そういう流れが分かる。

「――南北の方は、うちの本があります」

『新潮日本古典集成』が出た。『東海道四谷怪談』。大詰め近くを示し、

「――雪の日に外で寝ている人物を見て、主人公伊《い》右衛《え》門《もん》がいいます。《ア、、この大雪に軒下の宿無し、初雪の樽拾ひよりもみじめなざまだ》」

「日常的にいわれるようになった、と分かる」

「注に《『雪の日やあれも人の子樽拾ひ』（冠里）をふまえた表現》とあります。昭和五十六年の本です」

「なるほどねえ。こっちは、ぽんと出て来た方が自然だ。しかし、『浮世風呂』の方は、訳知り顔のご隠居さんが長々と話している。どうして、お殿様の作といわないんでしょうね」

　冠里の作とははっきり明言されるのは、さらに後になる。

　天保三（一八三二）『続俳家奇人談』刊行。

「信友さんが亡くなって、丁度、百年後になりますなあ」

「しかし、『奇人談』では、誰でも知ってる通り――といった書き方になっている。

川柳や『浮世風呂』、『四谷怪談』も、それを示している。となれば、この百年の間に、《この句は岩城平の殿様安藤信友が、駕籠《かご》の中で詠んだ》と書いた犯人がいる筈です」

「そうですなあ」

と、編集長は顎《あご》を撫《な》でる。

12

こうなれば、もう専門家に頼るしかない。幸い、新潮社には、橋渡しをしてくれる人がいる。『新潮日本古典集成』を作るスタッフの、若い一員として入社。その後、様々な分野で活躍している佐藤誠一郎氏である。

相談すると、

「あ、いーよ」

との返事。プーさんの物語にも、イーヨーというロバが登場して来た。あちらは陰気だったが、こちらはフットワーク軽く、

「その辺だったら、佐藤君だな」

佐藤氏が佐藤先生を紹介してくださることになった。実践女子大学教授の佐藤悟《さとる》

先生である。

先生は、図書館長でもある。よく晴れた日、青山にあるそちらに向かう。佐藤氏、担当さんとの三人連れだ。きらきらと白く輝くビルを見上げ、しばし高さに感嘆し、受付を抜けて上に向かう。

二人の佐藤さんは旧知の仲なので、すぐに昨日別れてまた会ったように話し出す。大学時代、同じ研究室にいたのだ。

話を交わせる部屋に案内していただく。挨拶《あいさつ》を終えると、まず先生は、大学の出版物を何部かくださった。その中に、『草紙《そうし》合《あわせ》高評《あたり》双六《すごろく》』という、江戸時代のものの複製があった。双六というのだからゲームだが、出版目録も兼ねていたらしい。

十年以上前、上野の博物館で、明治の双六の複製を買ったことを思い出す。

佐藤先生は、にこやかに、

「道中双六や吉原双六、浄土双六など、色々あります」

昔は、雑誌の新年号に、双六の付録が付いて来たりしたものだ。何となくおめでたい感じがする。

――振り出しがあって、上がりがあるのが双六。この部屋が、探索の上がりになるという天のお告げかな。

と、思う。

ここまでのことは前以《もっ》て、お知らせしてあった。それを踏まえて、疑問点をあげる。

「信友が亡くなってから百年の間に、《雪の日や》は彼の作だ——というのが皆なの共通理解になった。しかし、文字としての出典は、江戸も末期の天保年間になってしまう。——火のないところに煙は立たない。火元になるものがあったわけです。それが何か分からないんです」

多くの人が目にし、それを受け入れるようなものがあったのだろう。出て来ないのが不思議だ。

先生の答えは明快だった。

「大名のことは、なかなか本に出来ないんです。まして安藤信友は老中にまでなりましたから」

口調は柔らかいが、一刀両断。

なるほど、江戸の漫画ともいえる黄表紙の類《たぐ》いでも、大名を扱うとお咎《とが》めを受けていた。身分の差が、百年の空白を生んだのだ。その間に噂《うわさ》が広がる。口コミは強いものだ。大勢がいえば、それが真実になってしまう。

百年経ち、それが動かし難いものとなった。そこでようやく、控えめながら『続俳家奇人談』が冠里の名をちらりと出せたわけだ。

現代では、彼の代表句は、冠里即ち信友の作として残っているものの中からあげられる。信頼出来る俳人事典が、彼の作として《雪の日や》を記すことはない。

かつて千代女作として人々があげたポピュラーな句のいくつかが、今では別人のものとなり、表に出て来ないのと同様だ。

時という作者がこしらえあげた、虚像だからこその面白さは失われる。ラジオ落語を聞いて育った世代としては、そこに一抹のさみしさを覚えないではない。

これが、今回の探索の上がりになった。

行きはタクシーで来たが、帰りは渋谷までの道を歩いた。佐藤氏はもう還暦を越えている筈だが、足取りが実に軽やかである。柔道をやっていたそうだ。鍛え方が違うのだろう。

担当さんが、教授の佐藤先生について、

「雅《みやび》な方でしたね」

というと、年来の友は、遠い日の大学生活を思うような表情になり、ちょっぴり嬉《うれ》しそうに、

「変わらないなあ」

といった。

13

七月もそろそろ終わりに近づいた。暑さの方は、ますます温度計の水銀柱を押し上げて行く。クーラーのお世話になる日が続く。サッシの窓を通して空を見れば、人を嚙《か》むような日が輝いている。

そんな陽気だというのに、七月の雪つぶてをいきなりぶつけられたように、遠い昔の《雪の日》の句が目の前に現れた。つぶての正体を調べる旅が続いた。

本を開けば、いつも次から次へと思いは巡り、また新たな本へと向かう。

――ゆき……といえば。

本谷《もとや》有希子のエッセイ集、『かみにえともじ』の終わり近くに、「雪」という文章があった。

百回以上続いた連載コラムが、最終回に近づいた頃、東京に雪が降る。本谷は窓に寄り、小学生の時を思い出す。大雪の中でサッカーをやらされたのだ。北陸の、極寒の日である。

だというのに体育。五時間目の体育で「サッカーをやります」としれっとした顔で担任に告げられた。「ええ！」と私は思わず席から立ち上がった。「先生、窓の外見えてる？　ただの雪じゃない。吹雪だよ！」あの時、子供だったからそれ以上の言葉が出てこなかったが、私は目を見開き身振り手振りを交えて、一生懸命、正気の沙汰《さた》じゃないことを訴えた。だが、そんなことはどうでもいい。今はコラムに集中しなければ。

と、過去と現実が交わって来る。並の人には書けない。

訴えは虚《むな》しく取り下げられ、みんなは半袖半ズボンで校庭へと移動することになった。思えばあの時から私は、他のみんなと同じように「しょうがないな」と納得するのが苦手だったのだ。ホイッスルが鳴り、試合が開始される。でも案の定、目の前は吹雪でほとんど何も見えない。赤色の体操帽を被っているチームの子たちはまだなんとか確認できるのだが、自分の味方の白色帽に至っては動いている手足の肌色を頼りに気配を探るしかない。もう自分たちが一体何してるんだかも、分からない。違う。コラムだ。

指がかじかみ、膝《ひざ》が震えているところにボールが飛んできて、太ももに勢いよくバチン！と音を立てながら当たった痛みったら——私は視界が悪いことを確認すると、そっとチームから抜け出して一階の自分の教室に戻り、校庭が見渡せるストーブの前で手をかざした。窓の外の吹雪はすでに、「猛吹雪」になっているみたいだった。クラスメイトの姿はますます見えなくなっている。みんな、何考えてるんだろう。私には分からないサッカーの楽しみ方を見つけているんだろうか。私は段々、クラスメイトが本当に校庭にいるのか不安になってきた。

名文とは、こういうものだろう。見事な幻想短編にもなっている。

吹きつける雪の中に才能がきらめく。ふと気づけば、《本谷有希子》の中にも、ひっそりと《ゆき》が隠れている。時と所を越える鍵《かぎ》のように。

そう考えつつ開いたのが、冒頭にあげた『神奈川近代文学館　第１４５号』だった。三島由紀夫の第一回新潮社文学賞受賞を祝う寄せ書きが載っている。

——おや、そういえば三島の、名前の中にも《ゆき》がひっそり降っている。文字の列を目で追って行くと、やがて、祝いの連歌が始まる。鰐皮《わにがわ》のバンドを贈ったことを踏まえて、神西清《じんざいきよし》が書く。

祝歌為由紀夫老

打日さす銀座のわたりＧＩ刈りで鰐革しめて行くは誰《た》が児《こ》ぞ　正二位清翁《おう》

三島が付けた次の言葉に目が行った時、

——今、これを読むのか。

という不思議さにうたれた。こう書かれていた。

あれも人の子賞拾ひ　由紀夫

ことば

1

予定していたのと違う路線に乗り換え、秋葉原に着いた。事故があったのだ。行く先が慣れない千葉だったから、余裕をもって出ていた。時間は問題ない。そこから総武線の電車に揺られて行くと、懐《なつ》かしい駅名が出て来る。

――亀戸《かめいど》。

子供の頃――といえば、早いもので、もうはるか昔になってしまう。

夏休みの楽しみは、母の実家のある千葉県の東金《とうがね》に行くことだった。電車に長く乗れる――というだけで嬉《うれ》しかった。靴を脱いで窓の方を向いて腰掛け、移り変わる風景を眺めた。

家から千葉までは、一本の線では行けない。乗り換えの方法はさまざまだった。

亀戸で乗り換えたことがあったと思う。うちで作って来たおにぎりを、駅のベンチに並んで座って食べた。駅の水道の水を飲むのは、衛生上問題があると父がいうので、水筒をさげていた。

その駅名が印象的なのは、後でラジオの落語に出て来たからだ。電車に乗っていたおばあさんが急に泣き出した。どうしたのか、と尋ねたら、

——大変だ。冥土《めいど》に来てしまった。

見たら、駅名表示の《かめいど》の《か》が窓枠に隠れていた。

こういう話である。

自分が、ベンチに座ったことのある駅名が出て来たので、記憶に残った。

それから、

——幕張。

今は、幕張メッセやＺＯＺＯマリンスタジアムがあり、よく耳にする地名になった。

だが、昔は地味な駅だったと思う。ここで、京成線と国鉄——その頃は、当然のことながらＪＲではなかった——の線路が擦り寄る。歩いて国鉄に乗り換えたことが、一

度だけあった。

その頃、講談社から出ていた一冊百円の『名作物語文庫』というシリーズを、何冊か買ってもらって読んでいた。同じ講談社でも『世界名作全集』の方は倍の二百円で手が出なかった。シリーズの中に『八犬伝物語』があった。

幕張の街を並んで歩きながら、母にいった。

「ねえ。『八犬伝』に《馬加大記《まくはりだいき》》っていう悪い奴《やつ》が出て来たよ」

女装の美剣士犬坂毛野《けの》に仇《かたき》と狙《ねら》われ、首を取られる。今にして思えばルビは《まくはり》だったが、読みは《まくわり》だったのだろう。何はともあれ、いい役ではない。母は、

「しーっ」

と、たしなめ、

「――そんなことをいうと、幕張の人が怒るよ」

街のあちこちから、怒った民衆が現れ、向かって来る映像が浮かんだ。今でいうなら、ゾンビ映画のような場面だ。

――まさか……。

と思った。しかしながら、確かに自分の住む《まくはり》を悪くいわれたら腹が立

つだろう。おかげでしばらく、幕張は恐ろしいところ——のような気がした。

総武線の電車は、亀戸、幕張を過ぎて千葉に近づく。

子供の頃には、千葉でバスに乗り換え東金に向かった。昼を千葉のデパートで食べたこともあった。そういう時、食後にソフトクリームを食べられることがあった。毎回ではない。天上の美味とは、これのことだった。

小さい頃のあれこれが、電車の進行と共によみがえる。千葉へ向かう道は、思い出への道でもあった。

2

千葉の県立図書館で、お話をすることになっていた。

千葉の駅ビルに、お茶漬けの店があった。食は細い方だから丁度いい。昼をすませて、また電車に乗り、本千葉という駅に向かう。予定より、大分早く着いた。

おかげで、館内を丁寧に案内していただくことが出来た。建物の雰囲気に古色がある。そのため、テレビドラマなどのロケ地になることが多いそうだ。大学図書館の書庫、などというのは当然として、何本ものパイプが天井を這《は》う長い廊下が、刑務所のそれとして使われたこともあるという。

そう聞くと、当たり前に存在する館内のあちらこちらが、虚構のそれと重なり不思議な色合いを見せる。建物そのものが、大きな物語のようにも思えて来る。貴重な古文書が、大事に保管されているところでは、先日見せていただいた新潮社資料室の書庫を思い出した。

その後で、打ち合わせ。

今日は対談形式でのトークになる。お相手をしてくださるのは、本が大好きな女の方である。流れだけ決めた後は、雑談になった。ちょうど、冬季オリンピックをやっている時だった。女子カーリングチームが活躍していた。そこで、

「《そだねー》というのが、話題になっているでしょう？」

カーリングチームの作戦を練るやり取りに、よく出て来た言葉だ。テレビ中継のマイクが拾っていた。すると、本大好きさんは、

「はい」

「言葉っていうのは、自分達でも使えると流行《はや》りますね。《そだねー》は、当てはまります。《今年の冬は寒いね》《そだねー》とか、《今夜、カレーでいい？》《そだね

ー》とか。――要するに、使い勝手がいい」

「そう聞くと、《そだねー》と答えたくなりますね」

「まさにそうです。だけど、作家がこれを会話に取り入れて使ったらどうか。今だったら問題なく読める。だけど、十年、二十年経《た》ったら、校正でチェックされるんじゃないかな」

「《そうだねー》の《う》が落ちてると」

「ええ」

メモ用に置かれていた紙を取り、

「そういう例で、ちょっと面白いのがあったんです」

こう書いた。

何ひと

見せる。

「どう、思います。本を読んでて、会話文にこういうのが出て来たら」

ちょっと眉《まゆ》を寄せるようにして、見つめていたが、

「《ひ》というのが《日にち》の《日》ですか？　――《何日と》で、下に《思って

るの》とかが略されてる」

　ちょっと苦しい。

「うーん。そういうわけでもないんです」

「だとしたら、おかしな文ですね。何なんです、これ？」

「『人形の家』」

「イプセンの？」

「ええ。戦前の翻訳に出て来るんです。夫に、給料が入るまでには、まだ随分、間があるといわれたノラが《何ひと》と答える」

　ノラは『人形の家』の女主人公。彼女が、自分もまた一人の人間であることに目覚め家を出て行く幕切れの場面は、当時としては衝撃的であった。

　新潮社資料室の書庫に行った——というのも、この《何ひと》について調べるためだった。

「それは……何かの間違いかと思ってしまいますね」

「《そだねー》も流行るかも知れません。それでね、こちらも昔の流行語だったらしいんです」

《そだねー》対《何ひと》。

こんなことを話しているうちに、開演の時間が来てしまった。

控室を出て、舞台に向かった。

3

戦前、大いに売れた円本というのがある。一冊一円で得る全集形式。大正の末、倒産の危機を迎えていた改造社が起死回生を狙って企画した『現代日本文学全集』がその初め。これが当たりに当たった。予約者はたちまち二十万を越えたという。これから昭和の、本の売れる時代へと入って行く。

すぐ後を追ったのが新潮社で、《あちらが『日本』で来るなら、こちらは――》とばかり『世界文学全集』を出した。昭和二年一月、朝日新聞に前代未聞《ぜんだいみもん》の二面広告を打った。その午後から、社内は戦場のようになった。注文が、文字通り殺到したのである。

社長佐藤義亮《ぎりょう》は、こなれぬ翻訳、読んで分からぬ文章を売るのを出版罪悪と考えた。全文の校正を自ら行うと心に決め、不審の箇所は夜の一時二時まで訳者とやりあった。版を十何回も組み替えたこともあり、どうしても納得出来ないものは、一万円やって訳者に降りてもらった。と、——佐藤の回想に、そう書いてある。

その頃、カレーライスが一皿十銭から十二銭、岩波文庫の星一つ、つまり最も薄いものが二十銭。公務員の初任給が七十五円だったという。単純に二千倍として、さて、使わない訳稿に二千万円払ったのだろうか。

第一回配本が『レ・ミゼラブル（一）』、そして、第二回配本が楠山《くすやま》正雄訳の『イプセン集』だった。楠山は近代劇の訳者として、定評があった。

この『イプセン集』巻頭が、代表作の『人形の家』。始まってすぐのところに、こういうやり取りがある。

ヘルメル　うん、新年からはなあ。だがそれも給料が手に入るまでにはまる三月も
　間があるのだ。
ノラ　何ひと、それまで借りて置けばいゝわ。

どうだろう。

ちなみに、これより前、大正三年に出た、第一期新潮文庫版『人形の家』は中村吉《きち》蔵《ぞう》訳。この、ノラの答えは、

ノラ　なにあなた、それまで借りて置けばいゝんですわ。

　となっている。

《なにあなた》と《何ひと》。これだけを見比べれば、《あなた》と《ひと》の違いだ。ここに、人間を指す語があったように思えてしまう。

そうなのだろうか。

幸い『人形の家』には多くの翻訳がある。手に取りやすい文庫本を見比べてみよう。

岩波文庫の旧版は竹山道雄訳で、

　かまわないわよ。それまでは借りればいいじゃないの。

新版は原千代海《ちよみ》訳。

　何よ、――借りればいいわよ。

《あなた》のような、人の影は消えている。それなら新潮文庫はどうかといえば、矢崎源九郎が、

　ああ、それまでは借りておけばいいじゃありませんか。

と訳している。《ああら》。どんどん簡単になる。角川文庫の山室静《しずか》訳では、ついに、

　ちょッ、じゃそれまでは借りておけばいいわ。

と、舌打ちひとつのような感じだ。

講談社文庫の毛利三彌《みつや》訳は、

　そんなの。借りればいいわ。

旺文社《おうぶんしゃ》文庫が林穣二訳で、

なんのことないわ。それなら、それまで借りておけばいいじゃないの。

こう並べてみると、やはり楠山正雄の《何ひと》は異色だ。端的にいって、――意味が分からない。誤植と思われても仕方がない。

しかしながら、佐藤義亮社長は、社運をかけたこの全集の校正には、自ら全身全霊であたったという。

4

といっても、戦前に出た全集の一行を、自分で読んで首をかしげたわけではない。実は、戸《と》板康二《いたやすじ》の随筆集『ハンカチの鼠《ねずみ》』に「何、ひと」という一文があったのだ。戸板については、少し前なら何の説明もいらなかった。今は、《演劇評論家にして作家》という説明をつけた方がいいのかも知れない。『団十郎切腹事件』で直木賞を受賞している。独自の感性でまとめた逸話集『ちょっといい話』のシリーズがベストセラーになった。

戸板は、こう書いている。

大正のころの翻訳で、楠山正雄による「人形の家」では、ノラに「何、ひと」というセリフがある。女が冗談にからかわれたりしたときに、その頃は、こんなことをいったらしい。「何よ、人をばかにして」とでもいうところを、省略して「何、ひと」となったのではないかと思う。もしそうだとすると、少し前なら、「随分だわ」近年の「失礼しちゃうわ」にでも該当しよう。

その楠山訳の「人形の家」を収めた新潮社版の「世界文学全集」の月報には「何、ひと」に関する註解がのっていたと教えてくれた人がいる。

「何、ひと」ひとつでも、時代々々で翻訳が、やはり日本語のあり方と対応しながら変遷《へんせん》してゆくことがよくわかる。

楠山訳は正確には《何ひと》であって、《何、ひと》ではない。とにかく、こう説明されると《何ひと》が《ちょッ》のような感じの言葉だったと分かる。

それこそ、ちょっと面白い話だ。だが、この文章を読む限り、戸板は《新潮社版の「世界文学全集」の月報》に載っていた、この訳に《関する註解》を読んではいないようだ。はたして、そこにはどんなことが書かれていたのだろう。おそらくは、戸板の書いた説明通りなのだろうが、気になるところだ。

新潮社の戦前の『世界文学全集』は、広く普及した。しばらく前までは、古書店にもごろごろしていた。予約一括販売のため、奥付には非売品と記されている。この《非売品》というのが円本一般の印で、数が多いから古書価は安い。本の知識のない人は《非売品》なら、《値打ちがあるのか？》と驚いたりもする。逆なのだ。

この全集本なら、うちの書庫にも二冊ある。『近代短篇小説集』と『近代詩人集』だ。はるか昔、そこにしかない作品を読むためと、古雅な訳文を味わうために買った。後者には月報が入っているが、前者にはない。挟み込みのものは、どうしてもなくなりやすい。

埼玉に住んでいるので、戦前の本を読むためには、いつも埼玉県立図書館に出掛ける。問題は、月報まで入っているかどうか——だ。本末転倒だが、今回、見たいのは本文よりも、そちらの方なのだ。

第二回配本の『イプセン集』には、月報の第一号が入っていた。中の文章から、あまりに大量の注文が来たため、印刷、製本にてんてこ舞いの様子がうかがえる。嬉しい悲鳴である。京都では、赤い布に《世界文学全集》と白抜きの文字を入れた幕や旗に飾られた自動車隊が、各小売店に配本していったといい、その写真が載っている。ただし、この号にはめざす《註解》は載っていなかった。この巻が『イプセン集』そのものなのだから、疑問に対する《註解》は後から出たと思うべきだろう。

次の配本が『ドン・キホーテ』。こちらの月報第二号には、柳田泉の、日本における『レ・ミゼラブル』紹介についての文章が載っている。初めは福地桜痴《おうち》の翻案『あはれ浮世』で、ジャン・バルジャンを追うあのジャベールが、《蛇の道鬼兵衛》になっていた——などと記されている。豆知識好きにはまことに楽しい。

——いいなあ、蛇の道鬼兵衛か。

いかにも、しつこそうだ。

名詮自性《みょうせんじしょう》という言葉がある。名はその性質をおのずから示しているという考え方だ。江戸の作者はこれを振り回したから、悪い奴は出て来ただけで悪いと分かったりする。よくないことを考える奴が、悪井《わるい》志《し》庵《あん》だったりするからだ。

江戸までさかのぼらずとも、戦後の漫画に『赤胴鈴之《あかどうすずの》助《すけ》』というのがあり、確か、火京物太《ひきょうものだ》夫《ゆう》という奴が出て来た。これが、卑怯者《ひきょうもの》だった。いたって分かりやすい。本格ミステリに墨河《ぼくが》八太《やった》などという人物が出て来れば、犯人だろう。これで違えば、叙述トリックということになるのだろうか。

それはさておき、雑文の溢《あふ》れる月報は楽しい。だが、この第二号にも《註解》は出て来なかった。

次の月報が見つからず、そこで思った。

――いっそのこと、本丸を攻めたらいいんじゃないか？

5

書く仕事をしている。新潮社に行くこととなる。『世界文学全集』は戦前の新潮社の代表的出版物のひとつだ。当然、資料として置いてあるだろう。

それぞれに月報が、落ちなく入っているかどうかは分からない。しかしながら、保管状態はいい筈《はず》だ。見られる可能性は高い。

資料室訪問を申し込んだ。

当日は、話を聞いて関心を持った敏腕編集長も、

――一緒に見たい。

と、いってくださった。そのままなら眠ってしまう資料をも見事に繋《つな》いで、価値ある本を何冊も作っている人だ。飄々《ひょうひょう》とした感じだが、さすがに眼鏡の下の細い眼の眼

光が鋭い。

連れだって、四階の資料室に向かった。

部屋に入ると、まずは一般的な資料が置いてある。編集作業中、問題となるところに当たれるわけだ。

左手には、紙の図書カードを入れる木製ケースが並んでいた。昔懐かしいものだ。以前の図書館には、必ず置いてあった。今はパソコンで検索するようになったから、お役御免で、あまりお眼にかからない。

並んだケースの上には、なぜか顔だけのモアイ像が置かれ、哲学的な視線を宙に向けていた。

「お待ちしていました」

と、髪の長い係の方が、にこやかに奥を示す。

ドアが開かれ、秘密の通路のように廊下が続いていた。

「ここから先が、別の建物になるんです」

「三越の、新館本館みたいなものですね」

空中の通路で繋がっているわけだ。

まだ大きくない頃、三越のそういう通路を渡った気がする。足の下には、実は空間が広がっていると思うと、落ち着かなかった。

山本周五郎の『ながい坂』に出て来るような、ゆるやかなのぼりだ。係の人が、薄いチョークブルーのカーディガンの背を見せて、先に立つ。髪が揺れる。

歩を進めて、宝物殿のような奥に入る。手動書庫もあり、スチールの本棚も連なっている。

主として新潮社の出版物が蔵《しま》われているわけだが、ひと口に本といっても様々だ。置かれている美術出版物の中には、定価が百万円を越えるものもある。

特に古い本は、微《かす》かな青みを帯びた中性紙のひとかかえほどの箱に入れられ、棚に並んでいる。

そのひとつを出してもらう。開くと中から、『世界文学全集』の、薄茶色の箱が顔を出す。千葉県東金の母の実家の書棚にもあった本だ。

いわゆる朝ドラの登場人物の家の、書棚にあるのも見たことがある。舞台は戦前だからこれはいい。だが、同じ書棚に戦後の随筆集もあり、たちまちドラマの世界から心が離れてしまった。

遠くからちらりと見えるだけでも、背表紙の色や形で、どういう本か分かることは多い。何となく古めかしい——で置かれては困る。小道具も演技をするのだ。演出者の神経を問われるところだ。

さて第三号は、第四回配本『レ・ミゼラブル（二）』に付けられたもの。開くと、折られた月報が入っていた。安部《あべ》磯雄《いそお》の「『レ・ミゼラブル』の思ひ出」から始まる。生田春月《しゅんげつ》、米川正夫《よねかわまさお》、木村毅《き》、昇曙夢《のぼりしょむ》、そして芥川龍之介の親友である恒藤恭《つねとうきょう》と錚々《そうそう》たる名前が並ぶ。

それに続く「出版部より」が面白い。こんなことが書いてある。

◆前回から表紙に「袋」をつけたが、意外の好評で本社も喜んでゐる。第四回配本に、『レ・ミゼラブル』第一巻及び『イプセン集』の二冊の袋を添へるつもりであつたが、前号にも一寸《ちょっと》断つて置いた通り印刷が間に合はず漸《よう》く《や》『レ・ミゼラブル』だけより出来なかつた。『イプセン集』の分は、次回まで待つて戴《いただ》くこととした。

そして、四面五面の中央に《第四回配本には、別に『レ・ミゼラブル』第一巻の袋を添へましたが、折目のつかぬよう、第二巻の袋と重ねて置きましたから、御注意下さい》と書いてある。

この《袋》というのは、要するに紙カバーのことだろう。してみると元々は、

『レ・ミゼラブル（一）』『イプセン集』にカバーはなかったことになる。

これより以前の日付の来信で、『イプセン集』のカバーに描かれたノラの絵に触れていたら、それは偽《にせ》の手紙ということになる。思わぬところにミステリの種は転がっているものだ。

カバーをかけるのは、当然、手作業だから大変なことだ。

こんな記事もある。

◆上に掲げた写真は、本全集製本検査場の一部である。約六十人の人々が、ほんたうに寝食を忘るゝばかりの努力を続けること毎月、二十日に及ぶのである。本社を訪問する人がこの光景を見て「これは大変な仕事だ」と云《い》つて驚嘆されぬは無い。どうかして完全な本を会員諸氏に捧《ささ》げたい！　唯《た》だ此《こ》の一事を念として全社員必死の努力をしてゐるのである。

写真というのが凄《すさ》まじい。広い部屋の天井にまで積み上げられた本の山。厚い厚い煉瓦《れんが》の壁のようである。これを一々、検品して行くのだ。一種の拷問《ごうもん》である。

さて求める本題は、訳文と校正について、だ。

この『イプセン集』の開巻第一ページから誤植がある——という投書が新聞にあったという。どこに誤植があるというのか、と新潮社は高姿勢である。
そして、続く部分に、戸板康二がいっていた問題への回答があった。

◆尚《な》ほ右の難者は『イプセン集』中「何ひと……」とあるのは、聞いたことがない言葉だ、恐らく誤植だらうと云つてゐるが、これは「何を、人を馬鹿《ばか》にして」と云ふ程の、軽い否定の意味をあらはした東京方言で、「チエッ、およしなさいよ」程度の軽い問投詞である。地方の人には或《あるい》はお分りにならぬ方があつたかも知れぬと思ふが、分らぬからとて多分誤植だらうときめて了《しま》つて、延《ひ》いて此の本は誤植だらけだなど、速断されては、甚だ迷惑な話である。

これだこれだと、疑問の氷解する快さを感じた。

《何よ、人をばかにして」とでもいうところを、省略して「何、ひと」となったのではないかと思う》と、戸板氏は書いていた。あまりに、この文章に近い。おそらくは、この件を伝えた友人が、記憶していて、話したのだ。原典に当たっていないから、戸板氏は《思う》と添えたのだろう。

九十年も前の月報の文章など、なかなか見られるものではない。やはり、本丸を攻めたかいがあった。

6

ところが係の人のいうことには、この月報は、合本になり復刻されているという。

月報合本というのはなかなか面白い。古書店で見かけると、つい買ってしまう。通読することこそないが、持っていると安心するのだ。うちの書棚に七、八種類はあると思う。

『世界文学全集』のそれは、五月《ごがつ》書房から出た『昭和期文学・思想文献資料集成』の第四輯《しゅう》。青山毅《たけし》編である。

合本があると分かっていたら、埼玉県立図書館でも見られたわけだ。

早速、出していただくと、印刷も綺麗《きれい》で、実に見やすい。

続く四号では、『イプセン集』の第一ページから誤植がある——という、先程の件についてのやり取りが載っている。どこにある、といったら、こんな投書が来たという。

そんなに校正に自信があるといふなら、一つ開巻第一頁《ページ》のしかも一行目に「世界の隈々」とある、この「隈々」を見るがよい、これでも誤植でないと言ふか、驚いたらう、月報誌上で解答してくれ

新潮社側は少しも騒がず、「隈々《くまぐま》」は「隅々《すみずみ》」と同じ意味で使われる言葉だ。《訳者は、すぐ前に「隅」といふ字があるので、わざと避けて「隈」にしたのだ。こんな分かりきつた講釈を聞かされては、多数の会員諸氏は定めてにが〳〵しく思はれるだらうが、多少でも疑ひを持つてゐらるゝ人がある以上、誤植でない事を明かにして置かねばならぬ》という。

ちなみに『大辞林』では《隈々》の例文として、森鷗外の『即興詩人』中にある《岩の隈々に濃き陰翳を形りて》を引いている。

さらに、

◆それから『処女地』五三一頁上段、手紙の中に、「身分」が「見分」、「淑女」が「叔女」となつてゐるが、無智《むち》な女の手紙の誤記なので、わざと間違へてある。

という断りもある。こういわれると、

――おや？

と思うところがあっても、《わざと間違へてある》のかと考えてしまう。

佐藤義亮が、この全集の校正について力をこめて語っていたのも、当時、こういう波風が立ったからだろう。

ちなみに、ここで敏腕編集長氏に、佐藤義亮は《使わない訳稿に二千万円払ったのだろうか》という疑問を投げかけたところ、鑑識課の係官が残された痕跡《こんせき》を探るような目になり、

「それは、あながちないともいえませんな」

「そうですか」

「ええ。ご承知の通り、円本の全集は売れに売れた。日本人の作家も大いに潤《うるお》い、家を建てたり、夢だった欧州旅行に出掛けたりしました」

「はあ」

「その事情は『世界文学全集』の訳者も同じです。戦前の、翻訳印税は一割だったといいます。今より高いんです。一冊何十万部も出た全集ですから、経費として一万円

——今の金にして二千万円払うことも、ないとはいえません」

なるほど。そのまま使えなくても、使う翻訳の参考には十分なるだろう。必要経費といえる。

ところで、中性紙製の保存箱の中に、『全集』そのものとはちょっと違う、薄い一冊があった。

「これは何でしょうね」

『デカメロン補遺』だという。こんな本は、見たことがなかった。いや、あっても見逃していたろう。

『デカメロン』とは『十日物語』の意。イタリアのボッカチオの作。日本が室町時代の頃に書かれた。十人の男女が総計百話を物語るという形を取る。

月報合本に、この『補遺』についての説明がある。第一期に刊行した『デカメロン』は《風俗上、最も危険なりと認むる箇所を削除して配本しましたところ、その後、間もなく殆《ほと》んど全部（ほんの少部分を削られたのみで）の刊行を許されました。是《こ》れ恐らく本全集が、真面目《まじめ》なる読者を会員とする最も真面目なる出版であるが為《た》めに、此の破天荒の大特典に接する事を得たのであらうと存じます》。そこでこのたび、《前回配本に洩《も》れた分を悉《ことごと》く収容し》て一冊を作り、会員に無料で配布するというのである。

仮にマニアがいて、この文学全集を揃《そろ》えようとしたとする。普通の巻の入手には苦労しない。だが、この『補遺』がないと完揃いにはならない。古書の道は、奥深いものだ。

「第二期からの会員のため、第一期の『デカメロン』の巻だけの分売もする――と、ありますよ」

一括でないと売らない円本全集としては異例の措置だ。

敏腕編集長が鼻を動かし、

「《此の補遺と併せ持って、中世紀の猟奇的色情の世界を描いた大名篇は、完《まっと》うされるのである》。――うーむ、真面目な読者が、争って買いに走ったかも知れませんなあ」

さすがにプロらしく、本の売れる様子を頭に浮かべているのである。

補遺の巻頭は、第三日の第一話。森田草平の訳だ。

皆さん、世の中には、男女に拘《かかわ》らず、愚かにも、女に白いヹールを被《き》せ、黒い僧服を纏《まと》はせれば、もう女でなくなるやうに信じ切つてゐる人が沢山あります。さう云ふ人は尼になつた瞬間に、人間が石にでもなると思つてゐるのでせうね。

なるほど、これからどんな話になるのか気になる。ダンテの『神曲』に対して『人曲』といわれる名作だが、無論、現代では完訳が読める。

珍しくはない新潮社戦前の『世界文学全集』だが、こうしてみると、月報や補遺など、色々なドラマを内に抱えているのだった。

7

会場の机に、トーク相手の方と、向かい合って座った。図書館主催の話らしく、色々な本の話になった。

――子供の頃にあったのは、小学校の図書室だけでした。各地に図書館のある現代が羨《うらや》ましい。子供の頃、今のような図書館があったら、中で暮らしたいと思ったでしょう。

などと、二人で語り合った。

ここに来たいのに、来られない人もいるだろう、今、ここにいない人のためにも、心をつくして話さなければいけない。

幸い、お客様の温かい反応にも恵まれ、気持ちのよい時間を過ごすことが出来た。

おみやげまでいただき、帰りの総武線に乗った。来た時は秋葉原からだったが、それより前の錦糸町で地下鉄半蔵門線に乗り換える方が早く帰れるようだ。

慣れない経路は、気が疲れる。ＪＲからいったん、外に出るのもややこしい。

表示を見つつ進んで行き、改札をくぐる。幸い、数本に一本しかない直通電車が来る。丁度いい時間だ。

下りの長いエスカレーターに乗った。降りて行く途中で、下に電車が入って来た。

――まだ、余裕がある筈なのに。

疲れている。早く帰りたかった。乗り遅れてはいけない。よくないことだが、ふと、列の、空いている右に出てしまった。速足で降りたつもりが、足がもつれた。両手に三つの紙袋をさげていたから、脇《わき》につかまることも出来なかった。

前によろけるようになり、そこに、エスカレーターの進む勢いが加わり、宙を飛ぶようになった。前に人がいなかったのが幸いだった。

――落ちながら、誰かを押し倒していたら。
と思うと、ぞっとする。

妙に鮮明に、眼下に流れる段が見えた。次の瞬間、エスカレーター前の床に、身を叩《たた》きつけていた。

紙袋のひとつが破れ、中の本が顔を出した。軽く額の上を打ったようだが、たいした痛みはない。立ち上がり、残りの二つの紙袋に、こぼれたものを収めた。

それでも、間に合った。あせることはなかったのだ。足腰は、自分で考えるより、はるかに弱っていると思い知った。

倒れたのも、エスカレーターで急ぐような、非常識なことをしてしまった罰である。これを戒めにしなくては、と思いながら、床を見ると、ぽたぽた血がしたたっている。

――おや。

と、思った。自分の血だというのが、嘘《うそ》のようだった。

――頭を切ったか。

と、手を当ててみたが、そんな様子はない。掌《てのひら》の方が血に染まっている。かといって、手のどこにも、ざっくり切った跡はない。どこから出血しているのか、狐《きつね》につままれたようだった。

とにかく、他のお客に迷惑をかけてはいけない。ティッシュを取り出し、腰をかがめ、床の血を拭《ふ》き取った。

そのまま、手を見ていると、左の前に座っていた女の人がティッシュを出してくれた。

「あ、——あります」

と自分のそれを示した。すると後ろから、別の女の人が、

「どうぞ」

と、バンドエイドを二つ渡してくれた。ありがたいのだが、どこに貼《は》っていいのか、分からない。

今度はまた、離れたところから女の人が近づいて来て、

「こちらをどうぞ」

と、袋入りの、何といったらいいのだろう、紙おしぼりを二つ、出してくれた。ルール違反をして転んだ者に、こんなに心を配ってくれると思うと、手を合わせたくなる。

乾きかけた血は、普通のティッシュではよく取れない。湿ったそれで手を拭《ぬぐ》ったら、ようやく出血の元が分かった。

左の人差し指の先が、わずかに二ミリか三ミリ裂けていた。痛みはない。たった、それだけの傷から、あれほど血が溢れるとは、意外だった。

病院で血液検査をしてもらう時、針を通しただけで、血が採れることを思った。

そして、この間の採血の時のことを思い出した。母に似て血管が細いもので、看護師さんが針を刺そうとする時、一度でうまくいかないことがある。この時は、他の看護師さんもよって来て、三人で囲み、励ましてくれた。

弱っている時にやさしくされると、胸にしみる。子供になったような、安息感に浸った。

今もまた、三人の人が助けの手を差し伸べてくれた。出血箇所が分かったおかげで、バンドエイドを巻くことが出来た。処置して指先を上に向けていると、もう大丈夫なようだ。

それにしても、女の人は、どうしてこう、いざという時に必要なものを持っていてくれるのだろう。

前の座席が空いたので、座ることも出来た。電車に揺られているうちに、エスカレーターから宙を飛んだ時の、瞬時の眺めを思い出し、それが子供の時のそれと重なった。

夏休みに、木から落ちたことがある。つかんだ枝が折れたので、仰向《あおむ》けの形で落下した。あの時も、視界が流れた。左の腕の骨が折れた。

父母が、あれこれ心配してくれた。

人は様々な記憶を胸に抱く。今日は、三人の方からいたわりを頂戴《ちょうだい》した。ありがたい――というのは、ひとつの言葉だが、温かいものに包まれたこの気持ちは、そういうしかない。

《そだねー》という声も、《何ひと》という響きもある。仮に時を経て通じることがなくなっても、人々はある瞬間に、そういうしかなくて言葉を口にする。生きた思いが、それぞれの言葉に乗る。

そういえば、すっかり動転していた。それぞれの方に、きちんとお礼をいったかが気になった。

バンドエイドをくださった方が、前の席を立ったので頭を下げ、それを巻いた指を見せながら、あらためて、

「ありがとうございます」

と、いった。

はな

1

小学校にあがる前のことだ。小さいからくぐれた生垣の下を抜け、近所の家の裏庭に入った。子供の目には、広い広い空間だった。そこに梅の木があり、見上げる天を、降る雪のように、白い花々が飾っていた。

今でも、遠いところにその庭があるような気がする。

桜も、近くに古利《ふると》根《ね》という大きな川があり、その土手に並んでいた。珍しくはなかった。

見られなかったのは、桃の花だ。お話の中に出て来るものだった。小学生の頃、面白くてたまらなかったのが、園城寺健《おんじょうじけん》の綴《つづ》る『三国志物語』。講談社名作物語文庫の一冊。ご存じの通り、物語は桃園から始まる。

兄貴分が劉備《りゅうび》、続く張飛《ちょうひ》は《身のたけ八尺（二・五メートル余）》。尺をメートルに換算するやり方に問題があるようだ。しかし、これで驚いてはいけない。さらに関羽《かんう》は《身のたけ九尺（約三メートル）》。子供の頃には、それはただの数字だ。呪文《じゅもん》に近い。神話的な背の高さを、不自然とは思わなかった。

彼らは、桃の花の咲く中、

「われら三人、きょうより義兄弟となって、義軍の旗あげをする。おたがいにたすけあって、皇帝をたすけて、民をすくいます。三人は、生まれた日はちがっているが、死ぬのは同じ日とちかいました」

ということになる。今、見ると、《たすけあって……たすけて》というのが、ちょっと引っ掛かる。

この桃の花、大人になってから旅先で、季節のおみやげとして売っているのを買い、ようやくしみじみと見た。理想郷には、この花が咲き乱れているのかと思った。

ところで、三月が近づくと頭に浮かぶのが、

　はなさくはるにあひそめにけり

という一節。《は》という柔らかい音の繰り返しが、この季節にふさわしい。七・七の音だから、いかにも和歌の下の句に思える。となれば調べるのは簡単だ。『和漢朗詠集』にあるというのはすぐに分かる。『新潮日本古典集成』を見ると、

　三千年《みちとせ》に　なるといふ桃の　今年より　花さく春に　あひそめにけり

2

不老不死の薬を持つという、中国の仙女が西王母《せいおうぼ》。その園の桃は、三千年に一度実を結ぶという。食べれば、今時の健康食品とは比べ物にならない効果がある。今年、その花が咲くのにめぐりあわせたというわけだから、大変におめでたい歌だ。

作者は、坂上是則《さかのうえのこれのり》という説もあるが確証はない――そうだ。

八代集のひとつ『拾遺《しゅうい》和歌集』には、凡河内躬恒《おおしこうちのみつね》の作として《三千年になるてふ桃の今年より花さく春にあひにける哉《かな》》が収められている。

――というのは、今、調べて分かる。分からないのは、自分が何故《なぜ》、このフレーズを知っているかだ。

頭にある以上は、どこかで目にしているわけだ。しかし、『和漢朗詠集』をきちんと読んだことなどない。どなたかが、

　　はなさくはるにあひそめにけり

と書いているのに、人生のどこかで巡り合ったのだ。《あひそめにけり》だ。

そういう風に、いつどこで読んだか分からないが、心に残っていることなら、いくつもある。

例えば、《昭》の字の一件。

まだ、年号にその字の使われていた頃だった。

――その字は、《昭和》以外に使い道がないでしょう。

と書かれているのを、読んだ。

当たり前に出会う文字だから、虚を突かれた。あっと思った。確かにこれが《照》となったら、《照る》とか《照明》とか普通に使う。しかし、《昭》は違う。人の名前でなら、普通に出会う。現に、若い頃からいまだにお付き合いの続いている《昭《あきら》くん》もいらっしゃる。

話は、

――だから《昭》の字が名前に入っている人は、改元があって以降の生まれなんです。

と続いた。これは、説得力があった。

ちなみに、舞台、映画、ラジオなどで幅広く活動し、消え行く日本の放浪芸を録音の形で残すという大きな仕事をなさった方、小沢昭一氏は、昭和四年の生まれ。元年の誕生ではないが、昭和で長男だから昭一。納得出来る。

ところが、それから何年か経《た》ち、これを前置きとするエッセイを読んだ。結びが、

――そこで、名前に《昭》の字が入っている人に会った時、《昭和になってからの、お生まれですね》といった。すると、《いえ。大正ナントカ年です》といわれてしまった。

となる。

理論は事実の前にもろくも崩れ去ってしまった、というエピソードだ。そこで終わっていた。それはそれで面白い。しかし、これを読んだら思うではないか。

——大正生まれなのに、どうして《昭》の字を先取り出来たの？

と。

まるで、密室で行われた犯行を見るかのようだ。いや、より正確にいえば、《昭和》という時の壁を打ち破るアリバイ崩しもののようだ。

エッセイは、答えを与えてはくれなかった。

——何で、当人に聞いてくれないの！

地団駄を踏みたくなる。解決のない疑問は、解毒剤《げどくざい》のない毒薬のようなものだ。これではたまらない。たまらないが毒はたまり、記憶の底に沈殿した。

時は流れた。

ストレスを与えられたのが誰のエッセイだったか、とうの昔に忘れてしまった。しかし、長生きはするものである。

三田完《かん》氏の『あしたのこころだ　小沢昭一的風景を巡る』（文春文庫）を読んでいたら、答えが分かった。

3

さっそく、我が友《昭くん》に聞いてみた。

「そういわれれば、大正生まれの伯母さんが昭子だなあ」

「まだ昭和になってないのに、どうして、その字を使えたのか、使ったのかだよ。命名は大事なことだから、考えてのことだろう」

「それはそうだなあ。僕の場合の《昭》には、《人に秀《ひい》でる》という意味があるとは聞いてたね。その通りになりました」

「……はあ」

「うちは三兄弟で、兄貴が洋《ひろし》、弟が直《ただし》。合わせて《ひろくあきらかにただしく》となる」

「昔、あった三姉妹みたいだね。《のぞみかなえたまえ》」

「そういうのもありましたなあ」

「伯母さんの《昭》が、どこから来たかは分からない？」

「急にいわれてもなあ」

そこで、『あしたのこころだ』のことをいう。「文庫版のおわりに」に、三田完氏がこう書いている。

> 大正のはじめ、明治天皇の后《きさき》であった美子《はるこ》が崩御して昭憲《しょうけん》皇太后の諡《おくりな》で呼ばれるようになるまで、〈昭〉という漢字を知る日本人は稀《まれ》であったと聞く。西暦一九二六年の末に元号が昭和と改まり、〈昭〉は一挙に日本人にとって馴染《なじ》み深い文字となった。

「なるほど、――昭憲皇太后か」

《昭くん》も、納得した。戦前の小説などを読んでいれば、その五文字は普通に目にする。ほかの皇太后と比べ、知名度は圧倒的に高い。いわれれば、なるほどと思う。木の葉を隠すには森の中が一番、という。《昭和》は、あまりにも広大な森だ。《昭憲皇太后》を知ってはいても、隠れてしまう。よい意味を持つから諡《おくりな》に使われる。人々が、それを人名にいただこうとするのは自然な流れだ。

ところで、実はこの『あしたのこころだ』の中にも、解き明かされない謎《なぞ》がある。小沢昭一は蒲田《かまた》で育った。作中に引かれる小沢の『わた史発掘』によれば子供の頃、近所の神社で賽銭《さいせん》泥棒をやったという。

小遣銭に不自由したわけではなく、むしろ近所の子と比べれば恵まれていた方なのだが、とび切り恐《こわ》かった神主の目をかすめて、賽銭箱の底の銭を取るむずかしさに挑戦してみたい衝動にかられ、悪智恵《わるぢえ》を働かせて、見事、何銭かを取り出すことに成功した（その秘法は敢《あ》えて公開せず）。

どうだろう。《秘法》とまでいわれ、《敢えて公開せず》といわれたら気になるのが人情ではないか。

昔、先代の林家正蔵《しょうぞう》、いわゆる彦六《ひころく》の正蔵の語る『双蝶々《ふたつちょうちょう》』を聴いた時、不良少年がトリッキーな方法で賽銭を盗むやり方に感嘆した。それが、いかにも子供らしく、また残酷で、見事な人間描写になっていた。その辺のことは以前、『謎物語』というエッセイ集の中に書いた。

だから余計、気になるのだが、この場合は、分かってしまえば、さしたることではない。小沢自身が『思えばいとしや〝出たとこ勝負〟小沢昭一の「この道」』（東京新聞）で語っているのだから、引いてもかまわないだろう。

小学生のとき、神社でトリモチを使ってトンボやセミを採ったりしていたんですが、ふと気が付いたんです。トリモチのついた竿《さお》を賽銭箱に入れたら、おカネが釣れるんじゃないかと。

それで、やってみたんです。そしたら釣れたんです。あのころだから一銭玉だったけど、それをいっぱい取って、おふくろに自慢顔で手のひらを広げたんです。

おふくろは泣いたね。おふくろが泣いたのを初めて見た。

胸を打つ。

言葉というものが、いかに大事なものかも分かる。《おカネが取れるんじゃないか》でも、まして《盗《と》れるんじゃないか》でもない。《釣れる》なのだ。ここに子供の心がある。それを端的に表現出来るのが、小沢昭一なのだ。

4

本と本とは響き合うものだ。そういう例をもう一つ。

『あしたのこころだ』で、小沢昭一という人間をつかんだ場面がある。三田氏が、

怖い方だと思った。

という、くだりだ。

ここは肝腎要《かんじんかなめ》のところなので、引くわけにいかない。謎を残して申し訳ないが、答えは本にある。読んでいただければいい。凄《すご》みのある名場面だ。

ただ明かせるのは、小沢昭一は、《小沢昭一》という人間を見事に演じていた、ということだ。

その片鱗《へんりん》が、もう少し柔らかく出たところなら、さきほどの『思えばいとしや〝出たとこ勝負〟』にもある。

小沢が子供の頃、蒲田の川で捕っていた小魚がいた。再会したいと《あちこち行脚《あんぎゃ》をし》ていた。

ある年、ＮＨＫが探してくれてテレビ番組でご対面となったんだけど、形は昔と同じながら色が違う。赤土色で、僕が捕っていた緑の玉虫色じゃなかった。魚も時

代とともに変わるんですかね。でも、「違います」じゃ番組がシラケちゃう。「あッ、懐《なつ》かしいなァ」とノケゾッテ、番組をまとめました。

荒川静香のイナバウアーだ。

さて、本が繋《つな》がるといえば、『あしたのこころだ』には、矢野誠一の『戸板康二の歳月』も出て来る。そこを読んだ時、浮かんだのが中村真一郎である。

神保町《じんぼうちょう》の古書店街を歩いていると、いろいろな本と出会う。中村真一郎の『読書日記』もその一冊だ。ふらんす堂から出た百ページにも満たない瀟洒《しょうしゃ》な本。限定千部と書かれているのが、何となく嬉《うれ》しい。

中村の一九九六年度の『日記』から、読書に関する部分を雑誌「すばる」巻末に連載したものだ。《一本にまとめて小冊子とし、毎年の例として、ふらんす堂から刊行して知友に配り、年頭の挨拶《あいさつ》に代えるものである》という。

『戸板康二の歳月』は随分前に読んでいたから、それについて中村がどう読んだかと思った。六月十七日のところに出て来る。ありきたりの評ではなかった。

折口信夫《おりくちしのぶ》、久保田《くぼた》万太郎から始めて、芥川比呂志《あくたがわひろし》や福田恆存《つねあり》に至る、東京人らしい心遣いの人物列伝。小生と戸板君はじめ、これらの諸人物との心理的葛藤《かっとう》は、矢野氏のソフトな観察より、遥《はる》かに深刻、時に屈辱。

矢野の取り上げる人物達は、例えば著書の『さらば、愛《いと》しき藝人たち』（文春文庫）という題の《愛しき》という視線のもとにある。読む者はそこで、共感する。それに対し、こういういい方が出来るのも中村真一郎だからだ。

七月四日には、こうある。

「折口全集」、戦後の『国文学』。検閲から自由になった博士の本意の見解は、フレイザー卿《きょう》や、レヴィ・ブリュール、ギルバート・マレー、ハリスン女史と全く同じ英仏人の古代研究の立場。驚嘆すべし。弟子たちと全く異る新しい博士。源氏「若菜ノ巻」の著者は男性作家。王朝女流に文学意識なく、俊成、定家のみ文学者。秋成は時代遅れの怪談作家など、創意多く、小生の立場と近し。敗戦直後、毎週、出《いずる》石《いし》の博士邸に招かれ、西欧文学を論じた結果が、王朝物語を西欧中世ロマンによって考える立場を確立したるが如《ごと》し。博士の立論に、若き小生の未熟な議論がいささか役立ったこと、学恩に報いることでき、嬉しく思う。

遠い遠い昔、多くを失った折口の家を訪ねる中村は、若さの気負いを見せながら、折口信夫に滔々《とうとう》と語ったであろう、自らの全《すべ》てを注ぐように。

そういう日々のきらめきが、ここからうかがえる。

5

中村真一郎の本で、一番最初に買ったのは――多くの人がそうだろうが――角川文庫の『芥川龍之介の世界』だ。まだ、文庫本にパラフィン紙のカバーがかかっていた、半世紀も前の話である。

次が、桂《かつら》芸術選書の『私の百章　回想と意見』（桂書房）。これも五十年ほど前のことになる。帯に《これは中村真一郎のすべてであり、自画像でもある》と書いてある。お徳用。いかにも学生が手を伸ばしそうだ。

中に、折口信夫の言葉が書かれている。今となっては読む人の少ない本だから、引く意味があるだろう。

私は博士に何故、古代語でばかり詩を書かれるのかと質問した。博士の回答は恐るべき明快さに貫かれていた。「詩は完全な言語で書く時にだけ、美しいものになります。私がヨーロッパ人ならば、黄金《きん》の時代のラテン語で書いたでしょう。私が知っている整った言葉は、日本の古代語です。私はただ復古的な意味で古代語で書いているのではないのです。ですから、私の詩を勝手に現代のニュアンスをつけて鑑賞してはいけないのです。本当は私よりも古代語の知識のない読者には、私の詩は理解できないのです。」

また、

レッテルによる住み難さは、案外、ばかにならないものである。折口博士に何故もっと沢山、小説を書かれないかと質問した時に、博士は「私が小説を書いても学者仲間は私が道楽をやっているのだと思って、安心して読まずに過します。本屋さんは学者の小説だといって、別物扱いにします」と、口ごもるように答えられた。その調子を私は今でも忘れないでいる。お陰で、日本の現代文学史は、幾篇かの異色ある小説を惜しくも取り遁《にが》したことになった。そして小説家折口信夫は『死者の書』一巻の作者であるということに決ってしまった。

《ぼくは博士には数回お目にかかっただけだったが》という記述もある。先程の、『読書日記』中の《敗戦直後、毎週、出石の博士邸に招かれ、西欧文学を論じた》と矛盾する。

それに続けて、

その数回とも、今、自分の前にいるのは、驚異的な思考力と詩的直観を所有する精神なのだ、と云《い》う感じを、一時も忘れることができなかった。実に柔和な容貌《ようぼう》で、余り早口ではなく、寧《むし》ろ、博士の方から話題をみつけて、色々、話して下さったが、話そのものは、その微笑の奥に、物凄い勢いで回転している精神があると云うことを、常にこちらに意識させずにはおかないような、猛烈なものだった。（中略）その猛烈な精神から、ぼくは一度だけ、気軽に相談的に話しかけられたことがある。ある場所で、ぼくが講演を終って、控室へ帰って来ると、次の講師だった博士が、「中村さん、私の講演の題を決めて下さい」と云った。ぼくが恐縮して辞退したことは勿論《もちろん》である。しかし、博士は許してくださらない。係りの人は博士とぼくの顔とを、見比べて待っている。博士は、困惑しているぼくに、講演の内容を手短かに語られ、「何と云う題にしますか」と、押し返すように云われる。ぼくはやむを得ず「源氏物語の幻想はいかがですか」と答えた。すると博士は、直《す》ぐ立上って、「それをさかさにしましょう、幻《まぼろし》源氏、幻源氏です。」そう口の中で繰り返すと、そのまま、部屋を出て行かれた。

名場面である。

　この前置きの《数回お目にかかっただけ》が、《敗戦直後、毎週》よりはるか以前に書かれていることから、折口宅でのやり取りを思い出の美化と思うむきもあるかも知れない。しかし、例えば『私の履歴書』（ふらんす堂）の、中村の最初の妻、新田瑛子《えいこ》との家は大森新井宿にあり、慶應での講義を終えた折口が《出石のご自宅に帰るに先立って、わが家の内玄関に立ち、私を誘い出して、お宅へともなった》という記憶は、鮮やかなものである。

　なぜ折口が、中村をそのように遇したか。それは堀辰雄《たつお》への思いからだった。

　この一世の碩学《せきがく》の奇妙な理屈によると、『菜穂子』完成後の堀さんは、「古代小説」を企画していて、そのために学生のように勤勉に、折口博士の『源氏物語』の講義に、病身を押して通っていたのであるが、学問の上で堀さんの師である博士は、小説創作の上では堀さんのお弟子だと自称し、従って私と相弟子だと空恐しいことを口癖にして、私の身の置き所をなくさせただけでなく、書斎においても、先生のお弟子たちと私とは別扱いで、何と私は「まろうどの座」に坐《すわ》らされるという待遇だった。この折口博士の直接の謦咳《けいがい》に接することは、私の学問にとっても創作にとっても計り知れない利益をもたらした。

あの折口信夫が唇を曲げ、高い声で、

「あなたは、わたしの相弟子です」

といい、中村が身を慄《ふる》わせているところを想像すると面白い。

折口はさらに何度も、中村に國學院大學で教鞭《きょうべん》を執らせようとした。自分に教職は全く向かない。そこで中村は《『孟子《もうし》』をラテン語で丸暗記していたり、ゲーテの『ヴィルヘルム・マイスター』だろうと、ヴァレリーの『若きパルク』だろうと、立ちどころに原文で引用し、時にはご愛敬《あいきょう》に堀辰雄の『聖家族』までフランス語で口をついて出るという》男を、代わりに推薦した。

吉田《よしだ》健一《けんいち》である。

こういった、『水滸《すいこ》伝《でん》』でも読むような、躍動する記憶が、いい加減なものとはとても思えない。

《数回》とは、折口宅での親しいやり取りを別にして——ということだろう。

あちらの峰、こちらの峰に登らねば、まことの眺めは見えないものだ。

6

中村の代表作「四季」のシリーズを、まことに不勉強なことながら読んでいない。

新潮社の《純文学書下ろし特別作品》といえば、昔は金看板を見るようなものだった。その『夏』だけを買った。時は流れたが、いまだに書棚の背表紙を見るだけである。

しかし、そこにあるというのが大事なのだ。実は今回、半世紀ぶりに『私の百章』をぱらぱらと見返していて驚いた。

中村は、仕事が進み過ぎるので、性急な情熱を沈静化させるため、バッハや《あの典雅なフレスコバルディに心を任せることもあった》と書いている。

――フレスコバルディか！

学生の頃は、そんな名前を耳にしたこともなかった。しかし今は、そのCDを持っている。たまたまなのだが『フィオリ・ムジカーリより』という一枚。しかしながら、棚の奥に埋もれていた。きちんと聴いたこともなかった。

今回、掘り出すように取り出し、それがあるということに縁を感じながら、聴くことが出来た。

実はこんな具合で、大きさは、万里の長城と箸《はし》置きほど違うけれど、中村に対し、線香花火の一点が太陽を思うように親しみを感じることはある。

中村の『俳句のたのしみ』は、新潮文庫に入った時に読んだ。中村は、炭太祇《たんたいぎ》の句から《フランスのロココの画家》を連想している。明らかにフラゴナールのことで、同様のエッセイを書いたことがあるので驚いた。

また自分も若き日、中村と同じく、江戸の俳人達の句のあれこれを、ノートに書き抜いたりもしていた。ひと気のない日当たりのよい原で、気に入った花を摘むようであった。中村の「俳句ロココ風」は、まさにそういう試みだった。

大いに共感しながら、読み進んで行ったが、上田無腸《むちょう》の項で、首をかしげてしまった。

無腸とは、『雨月物語』の作者、上田秋成である。そこに、こう書いてあった。

　蕪村《ぶそん》の追悼の句もある。が、その前書が甚だ異様で、「我此叟《このそう》の俳諧《はいかい》天の下にとゞろくを知れゝば時々得てよむに実に当世の作者なり」と、一応、賞《ほ》めておいたあとで、その句風は「うちなめて只《ただ》から歌を女文字してかいつけたる様《さま》」だと極《き》めつけ、つまり漢詩を俳句の形に作り変えたものに過ぎないと冷嘲《れいちょう》し、それは芭蕉が杜《と》甫《ほ》を翻案したり、『山家集』を研究したりしたのを、真似《まね》した結果だと揶揄《やゆ》し、従来から、だから蕪村の句は「かむなのから歌」（和風漢詩）だと自分は、人にも語って来た、と遠慮のない意見を書きつける。そして、その後に、とってつけたように「今や老いさりて終をよくせられしを羨《うらや》みかつ其《その》麗藻を惜みつゝも」とつけ加えて、

　　かき書の詩人西せり東風《こち》吹て

と詠《よ》んでいる。

　おかしい。

　そうではないか。《かき書の詩人》では意味をなさない。和風漢詩を作る人――な

ら《かな書の詩人》だろう。

《仮名書き》は江戸時代、ごく普通に使う言葉だ。聞けば反射的に、歌舞伎《かぶき》の舞台が浮かぶ。『忠臣蔵』大序《だいじょ》《例えば星の昼見えず、夜は乱れて顕《あら》わるゝ、例《ため》しをこゝに仮名書の》と。

　小学館の日本国語大辞典《かながき》の項には、《②和文書きすること。和文式に書くこと》として、仮名草子、浮世草子などの用例が引いてある。無論、《かきがき》などという項目はない。

《かな書の詩人西せり》、即《すなわ》ち、《漢詩を俳句の形に作り変えた蕪村が亡《な》くなった》――ということであり、他に考えようがないのではないか。

　単純な誤植だと思ったが、『俳句のたのしみ』には親本がある。ここでいきなり《かき書》が出て来るとは考えられない。

　そう思って、図書館に行って見てみると、親本から《かき書》になっている。となると、さらにその元から違っているのではないか。幸い、うちには、中村が読んだという『日本名著全集』の『俳文俳句集』がある。父の蔵書である。無論、戦前の本だ。詩歌のことを書く時には、お世話になっている。早速、書棚から引き出して見たが、無腸の句集はない。

――おやおや。

と、思った。

となれば次に当たるのは、中村が名をあげているもうひとつの本、有朋堂《ゆうほうどう》文庫の『名家俳句集』だ。

うちにある有朋堂文庫の紺の背表紙を見ても、それが見当たらない。残念。図書館のお世話になり、確認した。なるほど、その『名家俳句集』の中に「無腸句集」があった。昭和二年の本である。出典はこれだった。なるほど《かき書の詩人西せり東風吹て》となっている。

活字化する際の誤りとしか思えない。

中村真一郎といえば、博覧強記で知られる。昔の人の教養の深さは、今では信じられないものだ。

中村は、中学に入った時、気取ってノートの表紙に《定義集》とラテン語で書いた。すると机のそれを見た数学の先生が、語尾の《s》に×を付け、《ラテン語の名詞の複数の作り方も知らないのか》と、呆《あき》れ果てたようにいい捨て、去って行ったという。《定義》は女性名詞なので、ラテン語の複数語尾は《e》になるのだ。中村は、大いに赤面した。

昔の中学生といえば今の高校生の格だろうが、現在の高校には、ラテン語でノートの題を書く子も、それを一瞥《いちべつ》しただけで直せる先生も、おそらくいないだろう。

そういう時代に育った大知識人、中村真一郎である。

新潮社の当時の「波」の編集長は知られた方だったが、中村真一郎を、敬愛の念をこめて、困った時の《お助けじいさん》と（こっそり）呼んでいたそうだ。深い教養があり、古今東西どんな書物についても書ける。名前に重みがあるのに、気さくで頼みやすい。得難い人だった。

そういう中村だったから、原稿に疑義を呈することなど出来なかった――というより考えられなかったのだろう。外野の人間だから、気が付く。

編集の方がこの《かき書》についての疑問を中村先生にお伝えしたところ、感謝された、と聞いた。畏《おそ》れ多い。山崎宗鑑の句といわれるのが《手をついて歌申しあぐる蛙《かはづ》かな》。

太陽に向かって、片言を申し上げた思いであった。

7

今となっては、ふた昔よりもっと前の話である。

実は蛙は、親本『俳句のたのしみ』を飾ってもいた。カバーの絵がそれ。見覚えのある、烏帽子《えぼし》を被《かぶ》った姿で、こちらを睨《にら》んでいる。ジロリの蛙。鳥獣戯画の、中村による模写だ。

その横に《Parole des êtes》と書き添えてある。さすがに、パロールは分かる。《êtes》も簡単な言葉の筈《はず》だが、フランス語の黄色い辞書が身近になかった。

幸いといっては申し訳ないが、バルザックの国の言葉なら普通にすいすい読んでしまう人が、話せる範囲にいらした。翻訳物を多く出している出版社の方だ。こうなると、自分では調べない。絵を見せて、おうかがいする。

「《Parole des êtes》とは、どういう意味でしょう」

「……《êtes》」

「はい」

ちょっと、考え、

「このままだと、意味が通じませんね。主語をつけて《vous êtes》なら、英語の《you are》になりますけれど」

意外な答えだ。続けて、

「ギリシャ語、ラテン語から来ている何か、というわけでもなさそうです。だとしたら、一字欠けている……と考えるのが妥当でしょう。《bêtes》か《êtres》。後者なら存在、人間、生物、ちょっと飛躍させれば、生きとし生ける者。《Parole des》から続けて、命ある者の言葉――というのは、ちょっといいですね。でも、語の途中が抜けたというより……、これはカバーの絵ですよね」

「はい」

「それなら、作業中に語頭の一字《b》が取れた、という方がありそうです」

――《bêtes》。

「すると、どうなります？」

「……動物というか、《獣の言葉》でしょうか」

美女と野獣だ。美女は首をかしげ、続けた。

「ということは……馬鹿者《ばかもの》の言葉？　さてどんなところで使われているのですか」

置かれるところによって含みは変わる。膝《ひざ》を打って、

「なるほど、《鳥獣戯語》か！」

8

親本を文庫版と見比べると、実に面白かった。文庫で削られてしまった文章が幾つかある。特に「私と俳句」が面白い。

金子兜太《とうた》からアンソロジー『各界俳人三百句』が送られて来た。その巻頭句が、

《元朝ものの書く我のうとましさ》

作者は中村真一郎とある。私は我が眼を疑った。同名異人ではないかと思った。

これは仲々いい句だが、この句を作った記憶が、全く私にないのである。

いいですねえ。実に見事な書き出しだ。文庫版に収められなかったのが、何とも惜しい。おそらくは、あまりにもプライベートな題材と判断したのだろう。勿体《もったい》ない。

そして、この文章の最後に、二刷から次の追記が加えられる。

初版刊行後、この本を贈呈した、詩人安藤元雄さんから、電話があって、もう一句、拙句を知らせてくれた。信州追分村の堀家の団扇《うちわ》に記されていたそうである。即ち、

稲妻の団扇に消ゆるあつさ哉

雷は夏の軽井沢高原の名物なのである。

（平成二年十一月二十二日　追記）

三刷まで出たらしい。とにかく、最初に開いたのが初版本ではなくてよかった。おかげで、これが読めた。ありがたい。

信州追分村の家で、堀辰雄の使う団扇の上に躍る中村真一郎の句。それを見つけた安藤元雄。役者が揃《そろ》っている。

後日、神保町で、『俳句のたのしみ』の帯付き署名入り初版本を買った。

——持っていたい。

と思ったのも勿論だが、初めの本にはこの追記が《ない》ということ、その空白を

自分の目で確認したかった。珍しい購入動機だろう。

テキストとして読むには、訂正がなされている後の版の方が適している。これなど、その典型的な例だろう。

さてこの本の中心となるのは、江戸俳人のアンソロジー「俳句ロココ風」。ところが並んだ名前の中に、序で《古来からの大詩人》《に比肩《ひけん》し得るのは、芭蕉の外には、私見によれば青蘿《せいら》くらいではないかと思う》という、その松岡青蘿が、何と採られていない。

とまどう方もいらっしゃるだろう。謎解きしておこう。

実は中村が同時期に書いた『蠣崎波響《かきざきはきょう》の生涯』（新潮社）第六章の16が「象徴主義俳人　松岡青蘿」なのだ。重複を避けたのだろう。その、

荒海に人魚浮けり寒の月

を読むと、中原中也《ちゅうや》の、

海にゐるのは、

あれは人魚ではないのです。
海にゐるのは、
あれは、浪《なみ》ばかり。

曇つた北海の空の下、
浪はところどころ歯をむいて、
空を呪《のろ》つてゐるのです。
いつはてるとも知れない呪。

は、この句に向かって書かれたのかと思ってしまう。
辞世の句が、

船ばたや履《くつ》ぬぎ捨る水の月

詩仙李《り》白《はく》は水面の月を捉《とら》えようとして世を去ったという伝説を踏まえたもの。
二百年以上前に逝《い》った青蘿の詩心を今思い、また南伸坊の『李白の月』（マガジンハウス）における解釈、《船頭の見た水中へと沈んでいく李白の姿は、即ち月に向って昇仙する李白の、水に映った影の方であった》を思う。

かくのごとく、本は一冊読めば、次から次へと鎖のように繋がる。

さて、最初に読んだ親本『俳句のたのしみ』は図書館のものだった。カバーの、蛙の絵は嫌でも目に入ったが、裏のカバー絵を見逃していた。そのまま返してしまった。

署名入りの初版本を我が物として手にし、帯に中村の句が刷られていることを知り、さて裏返して気がついた。この絵は女性の裸身の後ろ姿で、背中にfが向かい合わせに描かれている。チェロを見るような具合である。

――これは有名だな。

鳥獣戯画同様、下敷きがある。元になったのは知られた美術作品だ。しかし、とっさに誰の何か思い浮かばない。

こちらの横にも言葉が書かれている。最初の単語が《Viclen》と読める。不思議な言葉だ。この前、助けていただいた方に聞けばいいと、またも他力本願になり、持って行ってお見せすると、

「これは《Violon》ですね」

「あ、そうか。なるほど、ヴィオロンだ」

絵を見れば、一直線にそうと分かる筈だが、中村先生の書き癖は《o》の円環を完全に閉じない。迷い道に入ってしまったわけだ。

「《Violon d’Ingres》。つまり《アングルのヴァイオリン》ですね」

「ほお」

「慣用句です。画家のアングルがヴァイオリンを弾いたことから、芸術家の余技、趣味のことになります」

「ああ。この本は、そういう《趣味的なものだ》ということですね」

「はい。マン・レイに、女性の背中をヴァイオリンに見立てた、《アングルのヴァイオリン》という作品があります」

「なるほど」

即答出来るのは凄い。世の中には、こういう人がいるのだ。中村真一郎は、それを絵にしたわけだ。絵が好きで、上手だったのだ。

そんなことを思い返していると、《福永武彦《たけひこ》の絵》についてのエッセイを読んだ記憶が蘇《よみがえ》って来た。福永が絵を描き、コメントを求めて来た——というものだ。

中村と福永は親しい。中村は絵がうまい。となると、中村真一郎のエッセイだったような気がして来た。

9

おぼろな記憶をたどりつつ、あちらの本、こちらの本を開いた。

解決しない謎があるのは、口惜《くや》しい。一日がかりでたどり着いた。書いたのは、丸《まる》谷《や》才一《さいいち》だった。『低空飛行』（新潮社）中の「画家としての福永武彦」だ。福永が油絵を描き始めた。二枚目を見せて批評を乞《こ》う。丸谷は《将来の進歩は期して待つべきものがある、といふ趣旨のことを言つた》。福永は、《いささか不満さう》だ。

加藤周一は、二作とも見ているそうだ。

「加藤さんはどう言ひました？」

と訊《たず》ねると、福永さんはすこぶる浮かぬ顔になつて、

「加藤はね、変な批評を言ふんだよ」

「ほう」

「『リアリズムだね、社会主義リアリズムだね』つて言ふんだ。をかしいぢやない

か、社会主義リアリズムだなんて」

「なるほど」

「ね、変な批評だらう。をかしいよ。意味が判《わか》らない」

わたしにはよく判つたけれど、生れつき礼儀を重んじるたちなので黙つてゐると、福永さんはもう一度、

「判らないな」

とくりかへしてから、

「ぢやあ、散歩に出ようか」

といふことになつた。

そして、福永夫妻とわたしと三人で、小一時間ぶらぶら歩いたのだが、林の真中で福永さんはとつぜん、

「判つた」

とアルキメデスのやうに叫んだのである。

「何が判りました？」

「加藤の批評の意味さ。あれは君……」

と、福永さんは発見の喜びに明るく微笑しながら説明してくれた。

「……悪口なんだよ」
期せずして散歩の場面になったが、福永武彦、中村真一郎、丸谷才一といえば懐かしい。ミステリに関する輪番制エッセイ『深夜の散歩』のメンバーである。ところで、小学生の頃、テレビが我が家にやって来た。おかげで何とか間に合った人気番組が『お笑い三人組』。三遊亭小金馬《こきんば》、江戸家猫八、一龍斎貞鳳《いちりゅうさいていほう》が登場する。

小金馬の憧《あこが》れの女性に文学趣味がある。《これ、いいわよ》と渡されたのが、『カラマゾフの兄弟』。難しくてなかなか読めない。ブラウン管の白黒画面の中で、小金馬が眉《まゆ》を寄せ、

——あの『カラマワリの兄弟』が……

といっていたのを、昨日のことのように思い出す。

その頃、人気だったのが脱線トリオ。由利徹《とおる》、南利明《としあき》、八波《はっぱ》むと志。

風邪で熱を出し、寝ていたのに、

——脱線トリオが観《み》たい。

と駄々をこね、

——そんなに好きなのか。

と、呆れられた。

《真昼の決闘》というタイトルで、ガンマン姿の三人がアヒルを抱えて来てガアガアやらせる。実につまらない。しかし、そんなことをやっているところが、どういうわけか見たかった。八波むと志はすぐに亡くなってしまい、惜しむ声が新聞に出た。

次世代の人気者、てんぷくトリオが活躍したのは、もっと後だ。三波伸介《しんすけ》、戸《と》塚《つか》睦《むつ》夫《お》、伊《い》東《とう》四朗である。

三波は家族が家に帰ると、よく死んだ真似をしていたという。ある日、倒れているので、

——またー。

といったら、本当に息が絶えていた。

死んだ真似——というのは、演技の故郷だろう。大竹しのぶも子供の頃、妹が学校から帰って来る頃を見計らって、倒れていたという。人は皆、役者。三波伸介は、ある日、その劇の舞台から帰らなかった。

さて、個人的には脱線トリオとてんぷくトリオの間に入るのが、『深夜の散歩』のトリオである。

10

高校時代、友達に教えられ、県庁所在地の浦和の古本屋さんに行った。『エラリイ・クイーンズ・ミステリ・マガジン』が、一冊三十円で積まれていた。まとめ買いしては読んだ。

その中に、エッセイ『深夜の散歩』があった。見事な語り口で、ミステリについて教えてくれた。福永武彦、中村真一郎、丸谷才一の名を知った、これが最初である。「画家としての福永武彦」を書いたのは、丸谷才一。『深夜の散歩』を思い出す。そうしたところが、結び近くに、こう書かれていた。

その数年後、中村真一郎さんの『空中庭園』の装釘《そうてい》をしたときの水彩画はなかなかよかつたやうな記憶がある。

おお、トリオが揃った。

これは嬉しい。当然、《なかなかよかつた》絵が見たくなる。

県立図書館まで行くと、書庫に『空中庭園』（河出書房新社）があった。わくわくしながらお願いし、奥から出て来たのを受け取ると残念、箱がないのは勿論のこと、カバーも取られ、裸だった。昭和四十年の本だから仕方ないけれど、手をつきかけた壁が崩れたようにがっかりした。

装丁についての、文字の説明はある筈だから、開いてみると、

――装幀《そうてい》　千歳寓一

一瞬、

――福永ではないのか？

すぐに、

――いやこれでこそ、福永だ。

と、思ってしまう。福永は、覆面作家として本格ミステリを書いている。それが一冊本にまとめられ、桃源社から出た時には、欣喜雀躍《きんきじゃくやく》して買ったものだ。タイトルが『加田伶太郎《かだれいたろう》全集』。

しかしながら、今、書庫から持って来てみると、箱からなかなか引き出せない。かつて、箱のきつさで話題になった全集があったが、こちらも負けてはいない。悪戦苦闘の末、本にかけられていたパラフィン紙が破れてしまった。まことに無念である。

その《この全集は一巻かぎりですから、月報といっても今月だけです》と書かれた月報中、江戸川乱歩による「『完全犯罪』跋《ばつ》」に、

(ちなみに、Kada Reitarō をディサイファすると Tare darō ka となる。もう一つついでにしるすと、主人公探偵 Itami Eiten は Meitantei となる)

と書かれている。《ディサイファする》とは難しいが、要するに、解読するとこうなるといっているのだ。

《加田伶太郎》は《誰だろうか》、《伊丹英典》は《名探偵》。福永は、こういうことが好きなのだ。《千歳萬一》とは、どう見ても《千載一遇》の言葉遊びに違いない。

——おお、中村の本に絵が描けるチャンスが来た！

と、喜んでいるのだ。

ところで、この文字遊びは、皆にすんなり受け入れられ感心されているが、《Kada Reitarō》は十一文字、《Tare darō ka》は十文字、そして《Itami Eiten》は十文字、《Meitantei》は九文字だ。厳密にいえば、並び替えは成立していない。

これを、

――野暮なことといいなさんな。そこまで、細かくは出来なかったんだよ。

と、いってしまうのは簡単だ。

しかし、読みは読み手にある。文字の列を目で追うのが《読む》ことではない。十一文字から十文字に、そして十文字から九文字になった時、消えた一字が――共通している。

――《I》ではないか！

快い戦慄《せんりつ》が背中を走る。

――福永は偽りの名前から《私》を隠し綴《つづ》り替え、真実を明かしたのだ。

と、こんなことを考えるところに、読む面白さがある。

11

ミステリ趣味は、『深夜の散歩』トリオに共通している。

中村真一郎の、前にあげた一九九六年度の『読書日記』中にも、《ジョン・ロード『見えない凶器』読む。純粋論理による文体の勝利》などという記述が登場する。

『冷たい天使』は、中村の昭和三十年の作品だが、それを収めた集英社の『新日本文学全集』のカバーには《思い切った斬新《ざんしん》な手法と文体》と書かれている。どういうことかといえば、この作品は《一　終末》という章に始まり、《十　発端》という章で終わる。

それは即ち、六興出版部から昭和三十二年に刊行された《結末》で始まり、《発端》で終わる物語、フィリップ・マクドナルドの『ライノクス殺人事件』を連想させる。中村がこの手法を、ミステリ的なものと考えていたのは明らかだ。『深夜の散歩』は繰り返し刊行されている名著だが、新しい創元推理文庫版には、日本読書新聞に載ったという「しろうと探偵小説問答」もまた収められている。福永と中村の対談だ。

その中で中村は、探偵小説の腹案があるといい、こう続けている。

　ぼくの『冷たい天使』だって一種の探偵小説なんで、あれよりは探偵小説らしくなりますがね。

後先をいえば、『冷たい天使』の方が先だが、無論、古今東西の言語に通じ、『読書日記』に《ドロシー・セイヤーズ女史の推理小説『雲なす証言』、この極端にペダンチックで、オルダス・ハクスリー風の文体、日本語では読み辛《づら》い》と記す中村だ。

『THE RYNOX MURDER MYSTERY』を、先に原書で読んでいてもおかしくはない。それどころか、六興出版部に、
——訳して出すなら、これにしろ。
といったのが当の中村真一郎であっても、驚かない。そうであってほしいぐらいだ。『ライノクス殺人事件』が、中村の創作意欲をかき立てる触媒であったかも知れない——と思うと、まことに楽しい。

本が物語を生むことは多い。それは『冷たい天使』、書き出しの一行にも明らかだ。

冷たい天使の物語は、ある夏の夕方にぼくが一通の電報を受けとったところから始まる。

中村と同世代の本好きがこれを読んだら、すぐに思い浮かべる短編がある。鈴木三《み》重《え》吉《きち》の出世作、夏目漱石に絶賛された「千鳥《ちどり》」。出だしはこうだ。

千鳥の話は馬喰《ばくろう》の娘のお長で始まる。

はるか昔、ある作家が、「千鳥」が、特にこの書き出しが忘れられない——と書いているのを読んだ。それで、探して読んだのだから間違いない——と思う。

すると、先年刊行された『推薦文、作家による作家の』中村邦生《くにお》編（風濤社《ふうとうしゃ》）を読んでいたら、宇野浩二《こうじ》の「鈴木三重吉讃《さん》」に、こう書かれていた。

「千鳥の話は馬喰の娘のお長で始まる。小春日の……」といふ『千鳥』の書出《かきだし》（中略）などは、久保田万太郎が「鵜呑《うの》みにした」やうに、私たち（三上於《お》菟《と》吉《きち》その他）も宙《そら》で覚えたものである。（中略）久保田が読んだのは、雑誌に発表された時であるから、彼の中学三年の時で、右に上げた小説の書出の文章を「鵜呑みにした」彼は、それを学校の作文に応用した、と或《あ》る文章の中に書いてゐる。

——なるほど、当時の若者の心をつかんだのだな。

と懐《なつ》かしく思い、記憶していた《ある作家》をよく知る人達に、その話をした。ところがこれといった反応がない。自信が揺らいで来た。あるいは、読んだのは久保田万太郎の文章だったかも知れない。

ともあれ、新人の文章が、なればこそ強烈に若者達の心をつかむことはある。

以前、あるところに、慶應の文科で、久保田万太郎の作文の授業を受けた石坂洋次郎が《「いい料簡《りょうけん》なり」とか「正しい日本語を学び給《たま》え」とか》散々ないわれようだったことを書いた。

しかし、石坂もまた、昭和二年の『三田文学』に載った「海をみに行く」で、後輩達に衝撃を与えている。その出だしが《とげの多い小魚を上手に食べる女は世帯持ちがよろしい、とみてきたような嘘《うそ》を言ってのける奴《やつ》だ、ばかめ》。

北原武夫《たけお》が、『石坂洋次郎短編全集　第一巻』の月報に書いている。

毎日教室から吐き出されて、午後は三田通りの喫茶店「白十字」に集まり、一杯のコーヒーで何時間も文学の話を交し合う、若い作家志望の僕らの仲間の間では、それからのち、何かというと「見て来たような嘘を言ってのける奴だ、ばかめ」という言葉が、合言葉のようになってバラ撒《ま》かれた。

羨望《せんぼう》と共に、文学青年達の間に浸透する文章。

「千鳥」の書き出しもまたそれであり、確かに、蜜《みつ》の味がする。ロココ調といっても、大きくはずれてはいないだろう。となれば、中村の胸に残っていても不思議はない。

無意識であれ、時を越え、ここにそれが響いているのではないか。

今となれば、「千鳥」も『冷たい天使』も、読む人はほとんどいないだろう。だからこそ、これらの文章に故郷の灯を見るような思いになる。

こう書くと、『冷たい天使』に興味を持たれる方も多いだろう。責任上、まことに生意気ながら一言すると、成功した作品とは思えない。残念である。

12

そこで、『空中庭園』だ。最後のページを読むと、日本的芸術についての考察がなされている。それが《空中庭園》だという自嘲的な流れになっていた。

しかしながら、目下の関心事は装丁である。新潮社の担当さんは、福永の作品を愛し、その全集にもかかわった方だ。このことを話すと、関心を示し、

「でしたら、今はネットで簡単に買えますよ」

その通りだった。折り返しすぐに《注文した》というメールが来た。しかも、福永自身がこの一件について、「絵の話」と題して書いている——という情報付きだ。

「さすがは、福永ファンですね」

「違うんですよ」

と、俳句のことでもお世話になった敏腕編集長の名をあげる。

「東北に出張だといって、今、あわただしく出て行きました。その前にちょっと話したら、たちまちスマホで検索して、《全集の十四巻に入ってるよ》って。朝飯前じゃなく出張前です」

　こちらが神保町やら図書館やらで、苦労して調べているのに、ちょこちょこっとスマホで真相に迫られてしまった。

　絶句。

「どうしました？」

「……嬉《うれ》しいけど、口惜しい」

　無念である。ファックスしてもらった「絵の話」には、こう書かれていた。いささか長くなるが、切っては味がなくなる。ご容赦願いたい。

　福永はいう。


　私が曲りなりにも絵を描くという評判が立って、或る編輯者《へんしゅうしゃ》が、昨年の暮に、私に一冊の本の装幀を依頼するという椿事《ちんじ》が出来《しゅったい》した。その本は私の友人が書いたものだが、著者にも秘密に、つまり編輯者と私以外には誰にも知らさずに、こっそり悪戯《いたずら》をしようという目論《もくろ》みだから、私は忽《たちま》ち引き受けて、約一月の間におよそ数十枚の下図を描き、装幀者としてもっともらしいペンネームまで考案した。装幀というのは色かずの制限があり、僅《わず》か四色しか先方で許可してくれなかったから、水彩を使って、一種の抽象画を試みることにした。なかなか勇気の要る仕事であり、責任も甚だ重い。装幀が悪いから本が売れなかったなどと言われては、たとえ匿名《とくめい》でも名折れである。原画を渡してからも、出来ばえが気になって寝覚めが悪かった。

本の見本が出来て、編輯者が著者に見せたところ、私の友人であるその著者は立ちどころに、これはどうも福永らしい絵だ、と看破したそうである。せっかくの秘密の愉《たの》しみだったのが、一朝にして消滅した。しかし本人の気に入ったらしいのは何よりだった。私がそこばくの装幀料をせしめたのは言うまでもない。

日曜画家の話が堕落して金銭の話となったのは残念だが、この秘密のペンネームは当分の間公開しないつもりである。万一評判がよくて註文が殺到したら、私は忙しくて困るだろうから。

13

――お待ち兼ねの『空中庭園』が届きました。

と連絡があった。資料として、こちらにいただけるそうだ。うまい話である。

神保町の喫茶店で待ち合わせた。二階窓際《まどぎわ》の見晴らしのいい席だ。眼下に広い靖国通り。行き来する車の列と、歩道を往来する人が見える。

「今日も、たくさん買いましたね」

といわれる。提げた本の袋の、膨らみを見ての言葉だ。

「ここに来ると、どうしても本が増えますね。もう置き場所がない、買うまい買うまい――とは思うんですけど」

話しながら、近くの店の平台で見つけたばかりの一冊を取り出す。

「『瘋癲《ふうてん》老人日記』。函《はこ》付き初版本です」

谷崎潤一郎、晩年の代表作。学生時代、文学全集で読み、大変な傑作だと思った。内容と表現が、見事に絡《から》み合っている。

「棟方《むなかた》志功ですね」

特徴ある版画が、本を飾っている。

「さて、幾らだと思います？」

「谷崎ですね。お高いですか」

「だったら聞きません」

テレビでいっていた。服を買った時、大阪のおばさんは安さを自慢する——と。本当かどうか分からない。しかし、古本好きにはそういうところがある。

「うーん。……二千円」

「惜しい」

「正解は？」

「四百五十円」

「おお」

わけがある。

「実は、こうなっているんです」

箱の、背表紙の部分が取れている。前から入れると後ろに抜ける。覗《のぞ》くと向こうが見える。

「筒函になったんですね」

本の場合、最初からそう作ることがある。くるりと紙を巻いた形にすればいいから、完全な《函》を作るより安く出来る。何かとお世話になっている敏腕編集長も、何冊か筒函の本を作っている。

　担当さんは、

「うちには、《純文学書下ろし特別作品》というシリーズがあったでしょう」

「ええ」

『砂の女』『個人的な体験』『沈黙』など、きら星のごとく書名が並ぶ。『深夜の散歩』の三人では、家の書棚に中村真一郎の『夏』、丸谷才一の『裏声で歌へ君が代』がある。福永武彦なら『海市』である。敏腕編集長はそのシリーズへの思い入れが格別なのだという。自分も、ああいう形の本を出したい——と思っていた。

　しかし、出版事情は変わった。昔の文芸書は、函入りが普通だった。今では貼函《はりばこ》入りの書籍を出すのはなかなか難しい。経費がかかり過ぎるからだ。

「筒函なら、何とか出来る。そして、作った函の裏に作家の評を入れました。あれは《純文学書下ろし特別作品》の形なんです」

「なるほど、いわれてみれば、そうですね」

気持ちは、よく分かる。当然のことながら、出版社の方の本への思いは熱い。

だが、この『瘋癲老人日記』の場合は、《函》が壊れて《筒函》になってしまった。

「不良品ということで、九百円の値札が付いていたんです。その上、お店が、半額セールをやっていたんです」

「福永じゃないけど、――千載一遇ですね」

「はい。『瘋癲老人』は、若い頃、これは凄《すご》いと思った本です。あれを今、初版の形で読んでみたい――と思って、買いました」

14

さて、眼目の『空中庭園』だ。担当さんの取り出した本の函には、『クレーの描きそうな線が縦横に描かれ、紅梅色や藤紫《ふじむらさき》、そして緑の彩色がされていた。

「いかがです」

しばらく、見つめ、

「ちょっと……意外。まあ、福永が抽象画だとは書いてましたけど、どうしても『玩《がん》草亭《そうてい》百花譜』のイメージがあったもので……」

それは福永が晩年、病を養っていた信濃追分で四季の花々を描いたスケッチ集だ。

担当さんは、悪戯《いたずら》っぽく微笑《ほほえ》み、

「『玩草亭　百花譜』——お持ちですか？」

「いえ。神保町で何度か、手に取ってはいます。開いて見てます。そのイメージです。心は動きましたけど、三冊あるでしょう。特に最初の函入りは大きい。本が増えることを考えると、頭の中に入れて帰ろうかなあ……と」

福永が、その書名の元としたのは、木下杢太《もくた》郎《ろう》の『百花譜』だ。『新編　百花譜百選』という形で岩波文庫の一冊になっている。こちらは、うちの書棚にもある。

「うーん、縁がなかったんですねえ。実は、買っていれば、今回の答えも早く出たんですよ」

「え……」

「コピーをさしあげた、福永の随筆」

絵の話、のことだ。

「あれ、『玩草亭　百花譜』の中巻にも入っているんです」

「へええ……」

若い時に福永の全集にかかわった担当さんだ。かなわない。

絵についての文章だから、それも不思議ではない。とすれば、実はあの言葉を、すでに神保町の街角で手にしていたわけだ。とはいえ、この流れで読まなければ、心にとどまらなかったろう。

　花の咲き乱れる野を、右を向き、左を向きして歩くように、それからそれへと、今回はさまざまな本を見て来た。『玩草亭　百花譜』の中に「絵の話」という、思いがけない花が咲いていたわけだ。

　驚きつつも、『空中庭園』の絵に目を落とし、

「いかがです。これを見て」

　担当さんは頷《うなず》き、

「わたしは、なるほど福永だな――と思いました」

　中村真一郎と同じ反応だ。ちょっと驚き、

「どうしてです」

「福永は、ゲラへの書き込みを、こういう色のペンでやっていたんです。緑や紫の――」

　一瞬、藤の花びらと葉が揺れるのを見るようだった。

15

ここで終わっていい話なのだが、思いがけない続きがあった。

東北に出張していた、敏腕編集長が帰って来た。担当さんが、神保町でのやり取りを話すと、驚いたという。

「おおお。『瘋癲老人日記』ですか」

何と、山形の古書店で、たまたま編集長もそれを買ったという。数の出た本で、初版でもなかったから、安かったらしい。

「僕は、中が読めればいいんです」

申し訳ないがありがたい。函の交換を提案してくれた。うちに帰って、

――それでは……。

と、改めて本を函から引き出すと、表紙には桜、朝顔が、棟方志功の彩色も鮮やかに咲き乱れていた。

以前、担当さんが編集長のことを、

――文芸という蜜を求める、くまのプーさんみたいな人。

と、いっていた。

我々もまた、本という花々の中を行く蜜蜂《みつばち》かも知れない。

注　引用文中、明らかな誤植は正した。
『ライノクス殺人事件』の原題は創元推理文庫版では『Rynox』だが六興出版部版では米版という『THE RYNOX MURDER MYSTERY』を表紙に大書しているので、そちらを使った。

付記

8の冒頭。金子兜太のアンソロジー『各界俳人三百句』の巻頭句は《元朝ももの書く我のうとましさ》だと、中村真一郎はいいます。作者は中村自身。しかし、それを作った記憶がない、と書いています。

面白い。ところがここに、間違いがあったのです。

この『各界俳人三百句』という本なら、うちにあります。はるか昔、これについて書いたことがあるのだから、確かです。しかし、一度、本の山に埋もれてしまえば、雑踏の中に去って行った人を再び見つけるように難しい。

――当人がいっているのだから。

と思い、探し出し、中村の句を確かめることはしませんでした。

ところが、ところが、運命は不思議です。必要があって部屋の整理をしていたら、それがひょっこり出て来たのですよ、文庫版の校正をしているという――まさに、この時に。

懐かしさと共に開いて驚きました。問題の巻頭句が、微妙に違うのです。

元朝ももの書く我のうとましき

作者も知らない句を、金子兜太がどこから見つけて来たかは分かりません。無論、多くの助手がいたことでしょう。しかし、巻頭句ともなれば、金子自身の評価がそこにあることは間違いありません。

その件を紹介しながら、中村真一郎は、自作の句の下五を《うとましさ》とかえているのです。断りがないのですから、直す——という意識もなく、ごく自然にこうしたのでしょう。

《うとましき》という連体形止めなら、下に《ことよ》が省略されている。苦々しげな溜息まで聞こえてきそうです。これに対し《うとましさ》の方が客観的であり、やだねー、という飄々《ひょうひょう》とした感じになる。初春の句としては、こちらの方がよいように思えます。時が経《た》ったから、こう表現できる——ともいえます。

万が一、『各界俳人三百句』を持っていらっしゃる方がいて見比べたら、この文庫版が《うとましさ》となっているのを、誤植と思うかも知れない。そこで念のため、書き添えておきます。

この改変は、中村の単なる写し間違いではありません。わたしは、『俳句のたのしみ』のサイン入り初版本帯つきを持っています。買っておいてよかった——と、今にして思います。というわけは、何とこの帯に、

元朝ももの書く我のうとましさ

が、使われているのです。これこそが作者にとっての、最終形といっていいでしょう。

あとがき

小説家、研究者として大きな仕事をした和田芳恵《よしえ》は、編集者でもあった。新潮社時代を回想した『ひとつの文壇史』（講談社文芸文庫）に、大流行作家三上於菟吉《おときち》の言葉が引かれている。三上は『雪之丞変化《ゆきのじょうへんげ》』の作者。早稲田の先輩、近松秋江について、こう語る。

「どこか、新聞に歴史小説を書きたいから、よろしく頼むといわれたんだよ。この先輩には、ふしぎなヘキがあって、三上の小説はつまらないからやめろ。近松秋江先生に、どうして、新聞小説を書かせないのだと新聞社に投書するんだ。一読者よりと書いてあるが、はがきを見せられると、近松さんの字だから、僕には、すぐ、わかるんだ」

近松は『黒髪』などのいわゆる情痴小説で知られる。女とのかかわりを事実そのままに書くタイプの《私小説》を代表する作家の一人だ。かなり困った人だったらしい。

その人の《投書》の話には動かされる。男と女がどうしたこうした——とは別に、小説家としてのそういう執着を赤裸の心で描いてくれたら、現代でも引きつけられる、力のこもった物語になったろう。作者、作品——本の話には抗し難い魅力がある。

ここで、ふと思うのはジョージ・ロバート・ギッシングの『ヘンリ・ライクロフトの私記』である。岩波文庫、平井正穂の解説によれば、本国イギリスにおいても版を重ね、我が国でも大正年間に紹介されて以来、読書人に愛され続けているという。

ギッシングはその序において、これは、ひっそりと逝《い》った、本を愛する者の遺稿であるという。その通り、片田舎で紡《つむ》がれた英国の『方丈記』であり『徒然草《つれづれぐさ》』である。豊かではないが生活に足る金を、思いがけず得たヘンリ・ライクロフトの安らかな生活。

若き日を回想し、《その頃の私にとっては、金の意味は本を買うこと以外にはなかった。（中略）矢も楯《たて》もたまらぬほど欲しい本、肉体の糧《かて》よりももっと必要な本というものがあった》と、彼はいう。食べるものを食べなくても、本を買わずにはいられなかった。

そして今、カタログで注文した本が届き、手をふるわせながら小包をほどく時の喜び。《私は希覯本《きこうぼん》をあさる者ではない。初版本や大型本なども問題にしない。私が買うのは文学書、すなわち人間の魂の食物なのだ。一番内側の包装紙がめくられて、装《そう》釘《てい》が初めてちらっと見えたときのあの感じ！》。

この人間像が根底にあるからこそ、愛され続けて来た私記だろう。しかし、《ヘンリ・ライクロフト》はギッシングにより創造された人物である。彼が、つれづれなるままに綴《つづ》った——という形の創作だ。『土佐日記』の作者が紀貫之《きのつらゆき》であるようなものだ。非在のライクロフトの心は、ギッシングその人のものである。いうまでもない。その真実性が読者をうつ。

《事実》を書くのが随筆——と思うのは、いたって素朴な読者だけだ。随筆にも、さまざまな形で虚構は侵入する。教科書に載っているような、よく知られた小文中にも、そういう例はある。より語りたいことに近づくためなら、随筆でも平気で《嘘《うそ》》が語られる。それが正しい道なのだ。

ジャンル分けなど意味のないものとは思うが、『ヘンリ・ライクロフトの私記』は何に分類されるのか。随筆かどうかの二択でいえば、より小説に近いのではないか。

ギッシングには、いかにも短編らしい短編群がある。こういう作品を読むのは、まことに嬉《うれ》しいものだ。その一方で、『ヘンリ・ライクロフトの私記』は日本の私小説的手法で、自分を描いた一作とも思える。であるからこそ、変わらず人々の心をつかんで来た。

私小説の方法は、情痴小説や家庭の葛藤《かっとう》を描くことにのみ適用されるものではなかろう。

人間の愛や情熱は、さまざまなものに向かう。文字を表現の手段とするものなら、その対象が本を指すのは、いたって自然だ。愛の小説には、そういう形もある。

（「波」二〇二〇年九月号「愛の小説」を本書収録に際し加筆）

解説　連想のディスクジョッキー

池澤夏樹

なんと言っても北村薫さんだ。博学無双、八宗兼学、万邦無比、縦横無尽の人だ。守備範囲は凝ったトリックの創作ミステリから、近代文壇史、詩歌のアンソロジー、父君の伝記、と多彩にして多様。エスカレーターで上るごとに違う売り場が展開される。「おや、中野のお父さん、こちらにいらっしゃいましたか」という具合。

そのお方が知識と経験を駆使して、連想で話題を繋《つな》ぎながら元気な筆に随って、のんのんずいずいと（←これはたしか開高健の本で見た表現だが、実は講釈師田辺南龍の口癖だったらしい）書き進められた、恐ろしく知的な漫文、と申し上げても失礼には当たるまい。

連想だからついこちらも引き込まれる。口を挟みたくなる。

「だからどうというわけではない。しかし、考えているうちに、糸が繋がるように、思わぬところで、それとこれが結び付くのが面白い」というのが原理。これが「不思議な縁だ」と言われて深く納得する。

　しかし、この本、迂闊《うかつ》に楽しんでばかりはいられない。ごく短い引用だけでもガーンと響くものがある。『虚無への供物《くもつ》』を書いた中井英夫（別号ハネギウス一世、世田谷区羽根木に住んでいたから）に「小説は天帝に捧《ささ》げる果物、一行でも腐っていてはならない」なんて言われると何も書けなくなる。

　その中井英夫のエッセーに「ＬＡ　ＢＡＴＴＥＥ（ラ・バテエ）」のことが出てくる。芥川龍之介に関わる話題で、もとはフランスの作家ジュール・ルナールが使った言葉。「砂金を洗う木製の皿」である。ふふふ、これについてはぼくは詳しいのだ。明治時代の北海道を書いた『静かな大地』に砂金掘りの男を登場させた。

　あの道具は「揺り板」と呼ばれていた。師匠格の男に連れられて日高の山に入り、「あれを持って、砂を満たし、水の中で揺すって砂金がきらきらと光るところを見たかった」と思うが師匠は貸してくれない。やがて彼は独立して結構な量の砂金を採るのだが。

「六　はな」の章がとりわけおもしろかったのは中村真一郎が登場するからだ。『雲のゆき来』などを書いた文学者として敬愛するだけでなく、幸運なことに私的にも行き来があった人である。ともかく座談の達人。いくらでも話が広がるのはこの本に似ている。そしてどこまで本当かわからない。「栗原小巻に好かれて、ぼく困っちゃったよ」なんてホントかな？

しかしその前に、この章の初めの「はなさくはるにあひそめにけり」に足を止めよう。頭の中で勝手に楽曲が鳴るのを耳の虫という。動画などの画像の断片がつきまとうこともある。同じように詩歌の一句が長くしつこく脳裏に見え隠れする。北村さんではそれが「はなさくはるに……」だったが、ぼくの場合は「いささむらたけ」。それが「むらさめ」だったか「むらくも」だったか、それさえ不分明。必死で記憶を辿《たど》って内田百閒《ひゃっけん》の著書の名だったことを思い出し、そこから大伴家持《おおとものやかもち》の、「わが宿のいささ群竹《むらたけ》吹く風の音のかそけきこの夕べかも」に辿り着く。だいたいそんなことをやって遊んでいるのだ、ぼくたちは。

「六　はな」の連想はわかりやすい。最初は『三国志物語』で三人の英傑が義兄弟の契《ちぎ》りを結ぶ場面。後の方では「お笑い三人組」や「脱線トリオ」や「てんぷくトリオ」が出てくる。その前に『深夜の散歩』の福永武彦・中村真一郎・丸谷才一。心理の深層を三人という概念が密《ひそ》かに流れている。

さて中村真一郎。折口信夫《おりくちしのぶ》に会った話を中村が書いているのだが、それが「数回お目にかかっただけ」から「敗戦直後、毎週」まで本によって幅がある。大森新井宿の中村の家にふっと折口が立ち寄ったなどと具体的な記述もある。

真実は那《な》辺《へん》にありや、と問うことに意味はない。中村は折口を敬愛し、その著作に大きな影響を受け、それを己《おの》が幸福として受け入れた。二人の間には堀辰雄という共通の友人がいた。ぼくは『日本文学全集』を編むにあたり何人かの批評家に頼った。折口と中村、丸谷、吉田健一。文学とはそういうものだ。

この本にはセレンディピティーが何度となく出てくる。偶然の幸運に導かれた発見をいうのだが、もとはイギリスの作家ホレス・ウォルポールの造語。更にそのもとは彼が幼い時に読んだ「セレンディプの三人の王子」という童話らしい。典型として挙げられるのがアレクザンダー・フレミングによるペニシリンの発見とか。

偶然の幸運だがそこに至るまでには探索の努力が要る。

北村さんは山田風太郎が作中に引いている「雪の日やあれも人の子樽《たる》拾い」という

句の真の作者を求めて（真理を求める善財童子のように）図書館や識者を次々訪ね、四十ページ以上の旅路の果てに確たる結果を得る。

さてその先、文学賞に無縁だと嘆いていた三島由紀夫の新潮社文学賞受賞を祝いつつからかう鎌倉文士たちの会の話。みなの寄せ書きへの三島自身の書き込みに「あれも人の子賞拾ひ」を発見するのだ！

ペニシリンほどの人類への貢献ではないが、しかしいい話ではないか。幸運な出会いを誇るのではなくただ喜ぶ。そもそもそんなことを話題にする姿勢が粋《いき》なのだ。

当方の目下の課題。

しばらく前に札幌の市街地から信州の林間へ引っ越しをした。山近く水清くして猿が出没するようなところで大いに我が意にかなう。

しかし不便であることは認めざるを得ない。いちばん近いコンビニまで約五キロ。歩いて往復するには覚悟が要る。そこで思い出したのが江戸の狂歌師・頭光《つむりのひかる》の作、「ほととぎす自由自在に聞く里は酒屋へ三里豆腐屋へ二里」。風流もいいけれど……という思いが実感される。

ところがぼくの記憶の中にこの狂歌に続いて「月は居ながら」という句があったよ

うな気がするのだが、これが見つからない。どんな鄙《ひな》でも夜空を仰げば月は見えるから理にかなっているけれど、狂歌はそれ自体で完結している。何か別の記憶が混入しているらしくてこれが隔靴《かっか》掻痒《そうよう》の状態。

こんなことを書いていると北村さんと昆虫採集の自慢ごっこをしている子供のような気持ちになる。養老孟司vs奥本大三郎のような大家の対決ではなく、ずっと慎ましいコレクションだ。

あちらには中野のお父さんがついているが、こちらは孤立無援である。

（作家、「波」二〇二〇年九月号「連想のディスクジョッキー」を本書収録に際し加筆）

この作品は二〇二〇年八月新潮社より刊行された。

北村薫著　**スキップ**

目覚めた時、17歳の一ノ瀬真理子は、25年を飛んで、42歳の桜木真理子になっていた。人生の時間の謎に果敢に挑む、強く輝く心を描く。

北村薫著　**ターン**

29歳の版画家真希は、夏の日の交通事故の瞬間を境に、同じ日をたった一人で、延々繰り返す。ターン。ターン。私はずっとこのまま？

北村薫著　**リセット**

昭和二十年、神戸。ひかれあう16歳の真澄と修一は、再会翌日無情な運命に引き裂かれる。巡り合う二つの《時》。想いは時を超えるのか。

北村薫著
おーなり由子絵　**月の砂漠をさばさばと**

9歳のさきちゃんと作家のお母さんのすごす、宝物のような日常の時々。やさしく美しい文章とイラストで贈る、12のいとしい物語。

北村薫著　**飲めば都**

本に酔い、酒に酔う文芸編集者「都」の恋の行方は？　本好き、酒好き女子必読、酔っぱらい体験もリアルな、ワーキングガール小説。

北村薫著　**ヴェネツィア便り**

変わること、変わらないこと。そして、得体の知れないものへの怖れ……。〈時と人〉を描いた、懐かしくも色鮮やかな15の短篇小説。

夏目漱石著
坊っちゃん
四国の中学に数学教師として赴任した直情径行の青年が巻きおこす珍騒動。ユーモアと人情の機微にあふれ、広範な愛読者をもつ傑作。

C・ドイル
延原　謙訳
シャーロック・ホームズの冒険
ロンドンにまき起る奇怪な事件を追う名探偵シャーロック・ホームズの推理が冴える第一短編集。「赤髪組合」「唇の捩れた男」等、10編。

河上徹太郎編
萩原朔太郎詩集
孤独と焦燥に悩む青春の心象風景を写し出した第一詩集「月に吠える」をはじめ、孤高の象徴派詩人の代表的詩集から厳選された名編。

芥川龍之介著
河童・或阿《あるあ》呆《ほう》の一生
珍妙な河童社会を通して自身の問題を切実にさらした「河童」、自らの芸術と生涯を凝縮した「或阿呆の一生」等、最晩年の傑作6編。

江戸川乱歩著
江戸川乱歩傑作選
日本における本格探偵小説の確立者乱歩の処女作「二銭銅貨」をはじめ、その独特の美学によって支えられた初期の代表作9編を収める。

池澤夏樹著
マシアス・ギリの失脚
谷崎潤一郎賞受賞
のどかな南洋の島国の独裁者を、島人たちの噂でも巫女の霊力でもない不思議な力が包み込む。物語に浸る楽しみに満ちた傑作長編。

雪《せつ》月《げつ》花《か》

謎解き私小説

新潮文庫　き－17－16

令和五年二月一日発行

著者　北《きた》村《むら》薫《かおる》

発行者　佐藤隆信

発行所　株式会社　新潮社

郵便番号　一六二―八七一一
東京都新宿区矢来町七一
電話　編集部(〇三)三二六六―五四四〇
　　　読者係(〇三)三二六六―五一一一
https://www.shinchosha.co.jp

価格はカバーに表示してあります。

乱丁・落丁本は、ご面倒ですが小社読者係宛ご送付ください。送料小社負担にてお取替えいたします。

印刷・大日本印刷株式会社　製本・加藤製本株式会社

© Kaoru Kitamura 2020 Printed in Japan

ISBN978-4-10-137336-2 C0193